3 街，时代广场

远眺：纽约，纽约

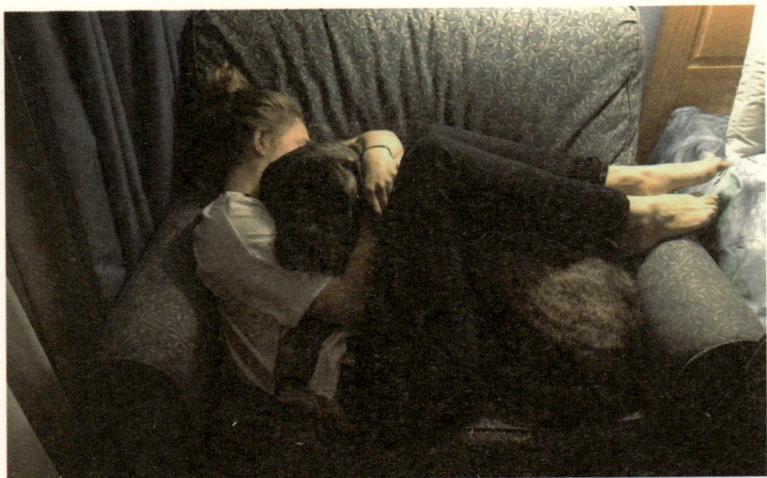

嘿，大狗

劳伦和尤达、贝尔莎、吉赛尔

悠闲的日子

请问有三人座吗?

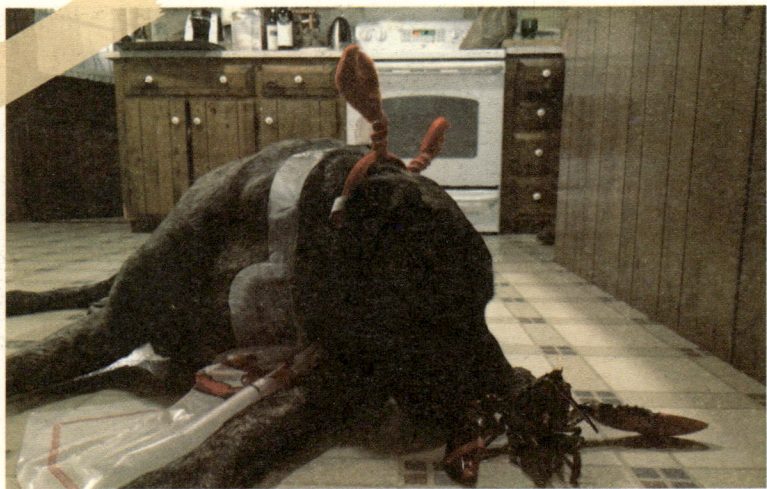

与龙虾的战斗

来探索吧

二人世界

一只大狗的愿望清单

缅因州，威尔斯海滩

相亲大会

一大桶

外面的味道

超开心

学着说再见

吉赛尔的
愿望清单

〔美〕劳伦·瓦特 —— 著

Lauren Watt

孟辉 —— 译

GIZELLE'S
BUCKET
LIST

湖南文艺出版社
HUNAN LITERATURE AND ART PUBLISHING HOUSE

博集天卷
CS-BOOKY

图书在版编目（CIP）数据

吉赛尔的愿望清单 /（美）劳伦·瓦特（Lauren Watt）著；孟辉译 . — 长沙：湖南文艺出版社，2018.5

书名原文：GIZELLE'S BUCKET LIST

ISBN 978-7-5404-8448-4

Ⅰ . ①吉… Ⅱ . ①劳… ②孟… Ⅲ . ①纪实文学—美国—现代 Ⅳ . ① I712.55

中国版本图书馆 CIP 数据核字（2017）第 315754 号

著作权合同登记号：18-2017-238

GIZELLE'S BUCKET LIST by Lauren Watt
Copyright © 2017 by Lauren Watt
Published in agreement with Abrams Artists Agency and The Grayhawk Agency.

上架建议：畅销·外国文学

JISAIER DE YUANWANG QINGDAN
吉赛尔的愿望清单

作　　者：[美]劳伦·瓦特
译　　者：孟　辉
出 版 人：曾赛丰
责任编辑：薛　健　刘诗哲
监　　制：蔡明菲　邢越超
特约策划：张思北
特约编辑：尹　晶
版权支持：辛　艳
营销支持：张锦涵　李　群
版式设计：梁秋晨
封面设计：棱　角
出版发行：湖南文艺出版社
　　　　　（长沙市雨花区东二环一段 508 号　邮编：410014）
网　　址：www.hnwy.net
印　　刷：三河市百盛印装有限公司
经　　销：新华书店
开　　本：880mm×1230mm　1/32
字　　数：150 千字
印　　张：8.5
版　　次：2018 年 5 月第 1 版
印　　次：2018 年 5 月第 1 次印刷
书　　号：ISBN 978-7-5404-8448-4
定　　价：42.00 元

若有质量问题，请致电质量监督电话：010-59096394
团购电话：010-59320018

献给我的爸爸
他教给我"坚持住，别放弃！"

Contents

Part 2
愿望清单

作者的话

写作这本书期间，我翻看了以前的日记，和了解这个故事的亲朋好友一起回想，也从记忆中搜寻我与狗狗吉赛尔一起成长的点点滴滴。书中讲述的经历跨越了我生命里的七个年头，因此只选取了一些重要事件，其他无关琐事被剔除在外。一些人名和人物的典型特征不完全属实。

序

　　手机上的闹铃响了，我伸手拿过来关上。舒舒服服躺进枕头不过几分钟，它又响了！我勉强睁开一只眼，瞄了一下屏幕，"糟了！糟了！糟了！"我一跃而起，从衣服堆里抓起件运动服，蹬上亚瑟士跑鞋，冲出门去。

　　我跑着奔向亚斯特坊广场地铁站，乘地铁到达中央公园，然后以冲刺的速度奔向签到处。等我气喘吁吁跑到那儿时，一位女士接待了我，她扬起一边眉毛对我说："亲爱的，你晚了20分钟。"她指甲留得挺长，涂着红红的指甲油。

　　"但这是报名纽约马拉松需要参加的资格赛之一，"我恳求道，

"我只要跑完全程就可以，成绩无所谓。求您了，就让我跑吧。"她双手按在装着参赛装备的塑料箱上，抿抿嘴说："不行，比赛时间已经过了。"

从棚子里走出来时，我眼里含满了泪。别哭！别哭！别哭！不要在这儿哭，劳伦！不要在中央公园。我一再告诫自己，但无济于事。每眨一下眼，泪水就像断了线的珠子一样落下来。

我垂头丧气地穿过公园，不觉间就走到了毕士达喷泉，这是我和吉赛尔常来的地方，我俩都喜欢看池塘里的小划艇。前段时间吉赛尔的左后腿出了毛病，而我住的公寓又没有电梯，幸好两位在缅因州住平房的朋友愿意照顾它几周，这样我才能回纽约继续工作。但没有了吉赛尔的陪伴，我总觉得十分孤寂。凯特琳和约翰说，吉赛尔一切都好，它老老实实地卧着，喂药时也很听话。我一会儿满怀希望地想，等它一好，就可以接它回纽约了，一会儿又不太确定它到底会怎样。每次想到它一瘸一拐走路的样子，阵阵恐惧就掠过心头。

我深吸一口气，揪起上衣擦了擦脸。好了，劳伦！不就是误了一场比赛嘛，你可以自己来一场啊。自己跑自己的好了！摇摇头，甩掉眼泪，我迈开大步跑起来。我跑上台阶，穿过榆树掩映的小路，似乎又回到了吉赛尔患腿疾之前，它跟在我身旁跑着，大爪子轻快地敲击着地面。随后我绕过鸭塘，围着爱丽丝漫游奇境的雕塑转了一圈，接着就跑出公园，来到第五大道。

我没有停步，混凝土路面散发出的热气直蹿到腿上。吉赛尔的爪子应该耐受不了这么高的温度，但我仍然想象着它就伴随在我左右。我闭上眼睛，几乎能听到它跑动时发出的啪嗒声。我沿着第五大道越跑越快，在周末曼哈顿的车流人潮中灵活地闪躲着，每跨出一步心情就好转一分。

我拐到了第七街，横穿过A大道，想着是不是再跑上一两英里到东河步道去，但后来还是放弃这想法，返回了住处。我在大楼前停下，双手撑在膝盖上呼气、呼气、呼气！我从运动臂包里拿出手机，这时才发现有三个未接电话，还有一条来自凯特琳的语音消息。她让我立刻回电话，是关于吉赛尔的事。

我气喘吁吁地爬着楼梯，心想，凯特琳应该是问吉赛尔的食物或药方吧？兽医曾打电话说吉赛尔的药要是用完了，在基特里的来爱德药店（the Rite Aid）购买即可。也许那儿的药店找不到某种药？刚刚跑完七英里的我，脸颊发烫，心脏怦怦直跳，亚瑟士球鞋还穿在脚上。我打开房门，吉赛尔的小床就摆在那儿，空荡荡的。我得鼓起勇气给凯特琳打电话了。我盯着手机，暗暗对自己说，打吧，劳伦，不会有事的。

　　六年前的一个夏日，在田纳西，似乎只是短短的一瞬间，吉赛尔就走进了我的生命。那时爸爸妈妈还在一起，我还没有搬来纽约，还没有开始跑步。之后，又是那么迅速地，吉赛尔就成了我最好的朋友。不！比最好的朋友还要亲密。

　　我拨出了电话。

Part 1
一见钟情

01
大狗来了

我们说好只是去看看。

我和妈妈把车停在富兰克林路那家 CVS 药店的停车场里，车头朝着一排树。才上午 10 点钟，布伦特伍德就已经很闷热了。这个位于纳什维尔郊区的小镇，是我从小长大的地方。我们坐在车里，翻看着《田纳西日报》分类广告中的导购信息。我们最喜欢的那一栏，当然是幼犬栏了！

实际上，那天我们根本不应该看幼犬栏。先不算那一堆五花八门的小动物吧，就单说狗狗，我们已经有两只了——尤达和贝尔莎。家里那些难以解决的问题，难道再新养一只小狗就能搞定？我真是十分怀疑。

"拉布拉多？"我一边咬着手里的百味贝果面包，一边提议道。妈妈嘴里也塞得满满的，她摇摇头，朝我翘翘大拇指，意思是，要更大的！

"那……猎熊犬？"

"呃，"她想了一下，说，"宝贝儿，猎熊犬好像是田纳西大学的吉祥物？"她说得没错，田纳西大学沃尔斯（Vols）美式足球队的吉祥物正是一只垂着耳朵、长着双下巴的猎熊犬。凑巧的是，秋天时我就要转学到田纳西大学读二年级，现在买一只猎熊犬显得我这位校园新人也太有团队精神了吧？我和妈妈显然都想到了这一层，默契地相视一笑。

自从放暑假回到家，妈妈就有了一种新爱好，总喜欢利用上午的时间和我坐在一起聊聊天。一周中会有几次，我俩开车去星巴克或者布鲁吉尔面包店，打包一些贝果面包和加糖咖啡，然后在离家不太远的地方找个停车场。我们就坐在车里，而不是家里正儿八经的餐桌旁，聊天！没有别人，就我们两个。

妈妈和我聊天时，经常会说些抱歉的话，还会向我保证她"身体百分之百没问题"。一般说完这些后，她就会低头看着自己的膝盖，等着我那一贯的回应："你很好！你身体棒棒的！我相信你。"接着我们会换个话题——即便她并不是那么好，即便我不再确定自己到底该相信什么。

妈妈是我最好的朋友，所以我很愿意相信她说的一切。一直到我高中毕业，她每天都写爱心便条放在我的午餐包里，有时甚至是闪闪发亮的那种；她告诉我和小妹妹爱瑞丝小美人鱼的故事是真的；她给我们买并不需要的衣服。"别告诉爸爸。"她会小声说，然后急急忙忙地赶我们提上购物袋溜回房间。她的尖嗓门在我听来总是那么温柔悦耳（她也把这样的声音遗传给了我）。任何事情在她看来都非常有意思，哪怕摆在面前的只是平淡无奇的生活琐事，她也有本领创造些乐趣出来。

在这个特别的周六上午，妈妈的脸上神采飞扬，洋溢着对狗狗的热爱。车明明静止不动，我们却感觉它奔驰在路上。我的星冰乐杯壁上水汽正在凝结，妈妈的大脑正在快速运转，毫无疑问她在想着做点儿什么来弥补她昨晚的过错。她转头看着我说："猜我今天想干吗？"她凑近身子微微一笑，"我们要再弄一只小狗回家。"

她喝了口大杯咖啡，接着说："我真想送你一条大狗。我们都是大狗女孩。宝贝儿，你就是大狗女孩。"大狗女孩是什么意思？我顾不上多想，把贝果面包往仪表盘上一放，星冰乐也不喝了，推开车门跑到 CVS 药店拿了份报纸回来。

我们把灰白色的分类广告页展开，铺在仪表盘和我俩的膝盖上。

德国牧羊犬？

牧羊犬活泼好动，讨人喜欢，不过它能不能和家里的狗狗和平相处呢？还得为尤达和贝尔莎着想。

金贵犬？

长相特别漂亮，但我们这次想要一条体形更硕大的。

大白熊犬？

哇！确实够大，但毛太长了吧？

拳师犬？

我们很熟悉这种狗狗，曾经养过两条，但都走丢了。

纠结了一番，正准备给其中一个哈士奇与拉布拉多杂交犬的广告打电话时，妈妈突然用手指猛戳在报纸上，戳出来一个小坑。

"英国马士提夫幼犬！"

有这么一句话形容马士提夫犬："当狗狗遇到马士提夫，就像猫猫遇到雄狮。"马士提夫大獒体格强健魁梧，性情却温和友好，并且以忠心耿耿著称。它们是犬类中体形最大的。世界最大狗狗的纪录就由一条名叫艾克玛·佐巴（Aicama Zorba）的古英国马士提夫犬保持，它体重高达 350 磅（约 159 公斤），身形几乎和小驴相当。马士提夫犬曾被古希腊人和古罗马人用作军犬，它们甚至在古罗马圆形竞技场被用来斗牛，如同角斗士一样。

妈妈拨了卖主的电话，打开免提。我又激动又紧张地屏住呼吸，祈祷着对方一定要接电话呀。

"呀喽？"是一位女士的声音，听起来像南方人，她把"哈喽"说成"呀喽"。

妈妈问有没有雌性幼犬。

有。

妈妈又问有没有带斑纹的。

有。

那我们今天可以过去看一下小狗吗？

当然。

那，现在就去呢？

没问题！

于是，我们立马冲上了65号州际高速，把理性和明智的判断统统抛在脑后。

我们家一直像个动物园。从小到大，凡是小孩子们向往的那些宠物，我和哥哥妹妹几乎都养过：有皮毛的、长羽毛的、表皮又黏又滑的、带硬壳的……甚至还养过一头呼噜呼噜的猪。

要是有"爱动物"这种基因的话，毫无疑问我从妈妈那儿继承了它。小时候，每逢雨后，我都会跑出去把冲到人行道上的那些虫子送回泥土地里，这样它们就不会干死。这听起来有些矫情，不过和我妈妈与小动物打交道的历史比起来，可就是小巫见大巫了。

妈妈给我讲过，她还是少女时，曾通过商品目录册订购了几只鳄鱼，并把它们养在外祖父的浴缸里。

"我们可以买鳄鱼吗？"我以前时不时地恳求她。

"不行，宝贝儿。在家里养实际上是害了鳄鱼。我那时候还小，不懂这些。"

妈妈往家里带各种小动物的习惯，已经超过了 50 年。这么说一点儿都不夸张。而且她很少问家里人的意见，我们的狗狗尤达和贝尔莎，就是她在报纸上看到后一时冲动抱回来的。尤达是只吉娃娃，但我哥哥特里普喊它"老鼠"。它确实比天竺鼠大不了多少，而且只有五颗牙，但我仍然很爱它。尤达的伙伴——贝尔莎，是只英国斗牛犬，它看起来很像一只趴在海滩上的海豹，还有些像猪仔。它屁股上那条粉红色的小尾巴打着卷，简直就是一个肉桂卷面包，于是我和哥哥还有妹妹一起给它起了个名，叫作"肉桂屁股"。后来它又得了个绰号"胖子"，从此成为它的常用名。胖子整日懒洋洋的，吃相也难看得要命，睡觉时的呼噜声足以把邻居吵醒。尽管它缺点多多，但它是爸爸的最爱。我也常在夏日的晚上，坐在贝尔莎旁边，伴着后院树林里蟋蟀振动翅膀时发出的吱吱声，给它唱《你是如此美丽》（*You Are So Beautiful*）这首歌。

你知道有这样的妻子吧，她孕育孩子，是因为她觉得一个新生命或许可以挽救他们的婚姻。妈妈想要养第三只小狗，应该就是抱着这种希望。一只新来的小狗，代表着一个全新的开始。生活就此会重新开始。

所以我们出发了，重新开始……

两小时后我们从斯巴达出口驶下高速路，开上一条长长的脏兮兮的路，最后停在一座小白房子门前，能听见后院传来低沉的狗叫声。

一位女士打开了纱门。

"你们是来看马士提夫幼犬的吧？来，跟我走这边。"她指了指后院方向。

我们跟着她往房子后面走，低沉的叫声越来越近了，是那种一连串的叫声，低沉却清晰，持续的时间很长。

这时我突然开始怀疑我们到底该不该这么做。我居然相信妈妈，跟着她跑极有可能荒唐无比的这么一趟！我感到一阵愤怒。
难道妈妈真以为小狗就是一片创可贴，能把她昨晚醉酒时满身污
秽、话都说不清楚的丑态遮住？要不要再养一只小狗是件大事，
需要全家共同决定。我们是不是得先和爸爸商量一下？不管不顾
又带回家一个小动物，爸爸和妈妈更得互不理睬了吧？想到这儿，
我不由得充满了负罪感。

　　进了后院，妈妈激动地紧攥着我的手。刚才听到的那种叫
声越来越大了。"哦，没事，那是道泽！"那位女士一边说，一
边轰着面前的一只苍蝇，"别怕它那么叫，其实它特别温和。"
不过我以前可从没听过这样的狗叫声。这声音又大又响亮，像
是不祥之兆，仿佛它早就知道我们的到来似的。想到这儿我的
心猛地一沉。

　　我们又往里走了走，在一个细铁丝围栏边停下。女卖主告诉
我们："还剩下两只公的，两只母的。"围栏里有四只正滚作一团
的马士提夫幼犬，十分可爱。它们的头和葡萄柚大小差不多，身
上有黑色条纹。条纹下面的皮毛，两只是巧克力棕色，另两只则
颜色稍浅，和沙色比较接近。它们的脸颜色很深，看起来像戴着
黑色面具。其中一只的胸脯上有一小片白色。这几只肚子圆圆、
尾巴粗粗的小家伙在草地上欢快地跑来跑去，还时不时调皮地用

爪子互相挠挠抓抓。

我抬腿跨过铁丝网，坐在草地上，想放松一下心情。妈妈也加入进来，盘腿坐在我旁边。狗狗们爬到我们腿上时，妈妈咧开嘴笑了。我们用手托着它们的肚子，任由它们啃咬着鞋带。妈妈把鼻子抵在狗狗背上，亲吻着它们的小脑袋，挨个儿对它们说"你真是我见过的最可爱的小东西啦"。我深深地吸了一口气，慢慢感到对妈妈的心变得柔软了。也许来这一趟并不是什么坏事。地上的草因为缺水变得如同干草，但黄色的蒲公英花却星星点点地盛开着。我现在闭上眼睛回忆起那天时，脑海里还能浮现出它们：那黄色的蒲公英和长着条纹的狗狗……属于我的狗狗。

那位女士弯下腰拎起一只小狗，让它肚皮朝上看了看说："嗯，这只是'女孩'。"她把狗狗放到我腿上，我双手托着它的腋窝让它面对着我，它的皮很松，打着褶耷拉在我手指上。其实女卖主根本就没必要检查，我刚才一眼就看出它是个"女孩"。我盯着它的眼睛，它也盯着我的。它皱起的额头和有些下勾的眼睛构成了一副忧虑的表情，让它看起来有点儿伤心似的，但我知道它并没有，因为它一直在欢快地摇着尾巴。它长得比非洲菊还好看。它伸长皱巴巴的脖子，轻轻咬了咬我的鼻子。

它的动作很轻柔、很小心，牙齿虽然尖利，但根本不会伤到我。

妈妈用力捏了捏我的膝盖，说："劳伦，听我说，我们一定得要这只狗狗！你不觉得它棒极了吗？你想不想要？"她盯着我，希望能从我脸上看出答案。道泽还在不停地吠叫，我用眼角的余光能看到它，在大概十米外的一个金属门后面。它的头很大，和《星球大战》中黑武士达斯·维德的差不多。张嘴汪汪叫时，冒着泡的口水就流出来，滴到面前的围栏上。

我把狗狗温暖的小身体托高到面前，它舔着我的脸颊。那种幼小狗狗特有的气息一下子就俘获了我，我要说的只有一个字："想"。

"妈，我爱它。"这是我的真心话。但与此同时另一部分我冒出来阻止说："还是再考虑考虑。"我也知道，如果今天不带走这只可爱的狗狗，今后就再没机会见到它了。妈妈两眼发亮，志在必得："宝贝儿，我特别想要你拥有它。能把它送给你，我觉得非常开心。就让我为你买下它吧！"

那时候的我其实并不清楚家里谁强谁弱，而且，坦白讲，当看着趴在腿上的狗狗时，谁还会在乎自己是不是被收买了呢？我本来应该打电话问问爸爸的意见，但我预料爸爸肯定会说，一时冲动从报纸广告上购买宠物可不是什么好主意。（没错，请别像我们这样冲动购买宠物。还有，请考虑领养。）

那只暖心的狗狗又咬了咬我的鼻子，舔舔我的眼睛，再舔舔我的嘴唇。顷刻间我抛下顾虑，对一直唠叨着"想想后果、想想后果！"的那一部分我下了逐客令。

"好，咱们要它吧！"

妈妈给了卖主 150 美元现金，开车去加油站的 ATM 上取了 200 美元，又开了一张 300 美元的支票（我们曾经用这种混合方式为很多次冲动购物埋单）。我把狗狗扛到肩上，谢过卖主，看了道泽最后一眼，就和妈妈驱车返回布伦特伍德。一个新成员！我们的家又壮大了。

坐回车里时妈妈说："我们给它起个什么名字呢？"

我想给它起一个甜美可爱的名字，决不能像它的妈妈，叫"道泽"，跟拖拉机品牌似的。

"它真是一位小淑女，小公主！"我把狗狗抱起来紧紧贴在脸上。

"就叫'爸比请不要扔掉我'，怎么样？"妈妈大笑着，拍了拍狗狗的耳朵。

狗狗趴在我腿上简直太合适了。我低头看着它，不敢相信这居然是真的。我这时的神情，应该就像几年后，我在几个即将步入婚姻的朋友的脸上看到的那种神情一样。她们盯着闪闪发光的戒指，就要开始全新的生活，就要开始奇妙的历险。在我注视着狗狗那对大理石般黑亮的眼睛时，我心里也充满了这样的憧憬。我觉得自己完全被它迷住，就像被施了魔法一般。等等！《魔法奇缘》！（我都记不清自己到底把这部迪士尼的音乐剧看了多少遍。）

吉赛尔（Giselle）！

"妈！'吉赛尔'怎么样？《魔法奇缘》里的公主就叫这名字。"吉赛尔，多动人多好听啊！而且电影里的公主单纯可爱，我们的狗狗天真无邪，和她叫一样的名字太合适了。

"好！就叫吉赛尔，喜欢这名字！"妈妈欢呼道。我们又商量了一下，决定用字母 z 代替其中的 s，拼作 Gizelle，这样改动之后名字就多了一些英气。

"嗨，吉赛尔！嗨，小丫头！"我轻轻地唤它，像抱洋娃娃一样温柔地把它拥在怀里。（这可是很强壮的"洋娃娃"，身形和巴哥犬差不多，长着四条大长腿。）"可是我们怎么跟爸爸说呢？"我摸着吉赛尔脖子上垂坠的毛皮，发起愁来。爸爸是我心目中最宽容最大度的人了，应该不会因为一只狗气得发疯。他大概会点点头，心里的潜台词是"敢情她们又弄回来一只动物"，之后呢，虽然会带着那么点儿不情愿，但他还是会尽力照顾它，直到最后从心底里接纳它。不过为了以防万一，妈妈觉得有必要想一个缓和爸爸情绪的办法，尽量减少新狗狗给他带来的震惊。（别忘了这个新成员是全世界犬类中体形最大的啊！）我和妈妈终于想出个计划。

到家了！我们的房子在小山上，是一座砖房。我站在门外，探头向里看，爸爸正在客厅的电视机前练习高尔夫挥杆。按照计划，我打过招呼后就开始向他解释我是如何从附近一家叫挪亚方舟的宠物医院救回一只小狗的。我告诉爸爸，这只小狗可以免费收养，但我只是在它找到新主人前暂养一段时间。我实在不忍心把它留在那儿等死！我实在不相信及时救它的人居然是我！真！是！个！奇！迹！

爸爸仔细看着我，神情困惑。他手里还提着球杆，要是往常，他会把九号铁杆递给我，说："来来来，弗妮，秀秀你的挥杆动作，今年你这个动作做得太漂亮了！"但那天他没这么做。如今他也不这么做了。他目光朝下盯着我臂弯里狗狗的大脚爪，我则摆弄着吉赛尔，希望它那可爱的小脑袋和它那可以让心都融化掉的眼睛最大限度地感染爸爸。爸爸又看了看我。这种情况下多数家长会很生气，但爸爸没有。他没有说"不行，家里已经有两只狗一条鱼，你妈妈弄回家的宠物太多了。马上把它送走，从哪儿领的还送哪儿去"，他也没说"可以，在它找到自己永久的^①家之前，咱们先养它一段时间。往后站，弗妮"。他只简单说了个"Okay"，而且把尾音"ay"拖得很长，听起来像在提问。接着他眯起眼睛，张张嘴还要说什么时，我迅速插话说："我们不会养它很长时间的！"我一旦开始向爸爸说谎，就很难停下来了。有那么一瞬间我听到身体里有个微弱的声音说："嘘！别撒谎！"但我命令它马上闭嘴。既然我们决定了要这只狗狗，我就会不惜一切代价，说到做到。

---

① 作者在此处的原用词为 fur-ever，为谐音双关，既指"forever"，意思是"永远的，永久的"，也指"furever"。国外一些动物救助组织的名称中都使用了"furever"，字面意思为"永远毛茸茸的"。

02
姐妹情深

一个月后的中午，我和吉赛尔脸对着脸侧躺在厨房凉凉的地板上，我一只胳膊搭在它身上，它的四个爪子蜷在我肚子旁。尤达卧在餐椅上盯着我们，贝尔莎则呼哧呼哧地在地上找饭菜渣儿。吉赛尔的眼皮开开合合，就要进入梦乡，我也准备闭上眼睛睡一觉，但突然——

"这只狗长到这么大了？"爸爸的说话声把我吓了一跳。"是我的错觉还是它长得太快了？"他一边朝下看一边大步从我和吉赛尔身上跨了过去。

我站起来打量着吉赛尔，它现在大约重50磅（约23公斤）。说实话，它的体形看起来确实不像三个半月大的幼犬，倒是更像一只已经成年的拉布拉多。"爸,我敢说它没多大,很轻松就能把它抱起来了。"我弯下腰去抱吉赛尔,想向爸爸证明一下它的"纤弱"。我搂住它滑溜溜的肚子,用力向上抱它,它却纹丝未动。不得已我改成下蹲姿势,准备把它抱到腿上再站起来,这时只觉得它简直和办公室用的那种大水罐差不多重。我把双脚分开到最大程度,集聚全身力量,脚趾下扣紧紧抓地,三——二—— 一,起!我发出一声急促的惨叫,终于将吉赛尔抱离了地面。哎哟!它的前爪一下子探了出去,我只好顶起肚子才勉强保持住平衡。但不管怎样,我把它抱起来了。我能抱得动它!

爸爸眯起眼睛看着我们,问道:"那我们养这只小狗多长时间了?"

"哦,没多长时间啊。"

我费了好大劲儿才把这句话挤出来。

毫无疑问,在我的字典里,"没多长时间"的意思就是"永永远远"。而且,当时十几岁的我又傻又蠢,我甚至觉得……什么,再说一遍?甚至觉得爸爸肯定会喜欢上这只"寄养"的狗狗,同意留下它,并且再也不旧话重提?瞧瞧,这就是拒绝接受现实的我,我非常擅长这个。

最初把吉赛尔带回家时，我相信了妈妈送我新宠物是因为她觉得对不起我们，我相信她这次一定会负起责任，好好配合戒断康复治疗，从混沌中醒悟过来。开始几天她确实变了，变回了我小时候记忆中的妈妈——清晨第一个起床、给狗狗们喂食、烘烤面包片、把水果摆成笑脸形状。她还会到院子里和我一起"收拾屎"，这是她发明的头韵体说法。我们一边捡着臭烘烘的狗屎，一边笑啊闹啊很开心。

然而随着狗狗带来的新鲜感渐渐消退，新成员开始融入家庭，她就故态复萌了。她早上总是睡过头，起得很晚，有时上床又太早，太阳还没下山就睡觉了。"姑娘们，我这会儿不太舒服，昨晚没睡好。肯定是速达菲，这药简直让我乱套了！"她总有各种借口，我们已经无从分辨哪句是真的哪句是假的。

接着有一天下午，我发现她烂醉在家里的牛仔布大沙发上，半边脸陷在枕头里，嘴张着，一只胳膊垂下来，手指尖着地——这姿势很像是直接摔倒在沙发上的。尤达也睡着了，依偎在妈妈怀里。这时电话响了，铃声从妈妈和尤达身下传来，声音很沉闷。妈妈没动，只是眼皮颤了几下。

我要叫醒她吗？强迫她在爸爸和爱瑞丝回来前清醒些？爱瑞丝最讨厌看见妈妈醉得不省人事。但要是把她弄醒了，我就得应付她。正想着时，电话又响了。

这次妈妈动了动，她缓慢地伸出手摸索着电话，但实际上最后握住的是尤达的身体，她把脸贴到吉娃娃的肚皮上接起了"电话"。

"嗷、嗷……"尤达狺狺地叫起来。（打扰了正在睡梦中的尤达，那可了不得。）

"呼喽……噢？"妈妈发出几个含混不清的音节。

尤达又叫起来，声音加大了。

妈妈可不理会，继续对着生气的吉娃娃的肚子嘟嘟囔囔，直到电话铃不响了，她才把我们可爱的狗狗放开。尤达一转眼又躺回到妈妈和沙发之间温暖的缝隙里。

我沮丧而无奈地叹了口气，呆站了一会儿，不知道该哭还是该笑。"妈！"我终于还是走过去摇她，想把她弄醒。没用！她又昏昏沉沉睡过去了。我只能像多数孩子一样，找人倾诉一番：我给哥哥打了电话，把这个事件命名为"尤达听筒"。整个夏天大家都装出若无其事的样子，日子就这样一天天过去了。

有了新的小狗朋友的陪伴，那个夏天好过了一些。这时我大概理解妈妈说的"你是大狗女孩"是什么意思了，我和吉赛尔从一见面就喜欢上了彼此。我一回到家，吉赛尔就会跟在我身后，从客厅跟到卧室，再跟着下楼梯，甚至我去卫生间它也不放过，它就坐在我脚尖上，仿佛我没有它帮助就不行似的。因为怕踩到它，我很快就养成了后退时一定先回头看的习惯。吉赛尔喜欢把下巴搁在我膝盖上、大腿上、脚上，还有手上。如果它那长着胡须的口鼻碰不到我，它会转而寻求别的解决办法，比如把下巴搁在浴缸沿上，或者在门底下嗅来嗅去地找我，找不到的话就会伤心地哀叫。

不过妈妈的酒瘾在那个夏天也越来越严重了，我们家的秩序开始变得一团糟。妈妈无法与我们聊天，甚至连目光对视都没有。她在厨房里不是绊倒就是摔跤，要是我们指责她又喝醉了，她就冲我们大喊大叫。晚饭时她端上桌的常常是还没完全化开的鸡肉，早上更无暇准备笑脸水果拼盘了，她总是赖在床上，睡眼惺忪地对我们说"出门前要来和我说再见啊"。我知道自己夏末时就会离开家去住校，但爱瑞丝不能。

爱瑞丝是我妹妹，也是我心灵相通的好朋友。我们相差四岁，却经常被误认为是双胞胎。我俩很喜欢这样的误会，顺势告诉人家我们出生时只隔了七分钟。爱瑞丝是那种学什么就成什么的天才。她比我更快学会芭蕾舞中最难的挥鞭转，而且能稳稳地完成。她会唱歌，会钢琴，自学了吉他，学业总是响当当，还遗传了爸爸的数学头脑。（我遗传了妈妈的。）好吧，太优秀了！我忍不住要嫉妒她。但我喜欢做她的姐姐，更想成为一个好姐姐。也许我只能在一件事上比她优秀，那就是做姐姐。

于是那个夏天我想尽办法转移她的注意力——早上准备面包圈给她惊喜、在她的枕边留下爱心小字条、没什么来由地吹一堆气球放到她房间……妈妈醉酒严重时，我会开车带爱瑞丝去购物中心买配成对儿的姐妹手镯。（我们看过很多姐妹手镯。）后来爸爸说不再允许爱瑞丝坐妈妈的车，这也在意料之中，因为妈妈经常酒驾。我十五岁时就拿到了青少年驾照，帮家里分担送爱瑞丝上学的任务。为了阻止妈妈开车，我们用过很多手段，比如把她的车钥匙藏起来，或者将蓄电池断开。

经常充当司机？听起来这任务可能会毁了整个暑假，但实际上完全不是这样。我们把狗狗们都弄上捷达车，车窗大开，音响里轰隆隆放着贾斯汀·汀布莱克的歌，沿着康考德公路尽情兜风。胖子在后座上乐此不疲地从一边车窗跑向另一边，又喷鼻子又摇着它的肉桂卷尾巴。它努力地用小短腿撑住车门，直立起身体，把半个脑袋伸出去迎着风。呜——从来没有坐过这么爽的车！尤达蜷缩在爱瑞丝腿上，而吉赛尔则趴在后座上一动不动，恰好挡在胖子的"跑道"中间。不过胖子完全不在意这个障碍，它踩着吉赛尔的身体冲过去又冲过来。

　　刚开始，吉赛尔有些不明白那位奇怪的姐妹把头伸出车窗要干什么。它犹犹豫豫地盯着贝尔莎被风吹得一动一动的耳朵，似乎在想，好吧，如果贝尔莎这么做，我也……它挪到车窗边，满腹怀疑地只把鼻尖伸出去，它不断地观察着胖子，每次把头多探出去一点儿。哈！风吹到了它的眼睛，把它吓得赶紧缩回座位，又是摇头又是眨眼，好像在说，这也太不好玩了，车窗真是世界上最糟糕的发明。不过，如果贝尔莎这么做……又试了几次后，它敢慢慢把头伸远一些了，眼睛仍然快速眨着。终于有一天，它鼓起勇气把整个头伸出了窗外，呼呼的风扑面而来，它疯狂地眨着眼睛，就好像有人在拿电吹风对着它的脸吹。一开始它完全不喜欢这游戏，但很快它就爱上了，原因很简单，要是贝尔莎做，它就会一起做。多么纯粹的姐妹情谊！

　　有时我们把车停在哈尔佩斯河边（Harpeth River）的一个岔道上，我和爱瑞丝会比赛看谁能更快脱掉衣服换上泳衣，然后我们跑向一棵树，嗖嗖嗖爬上去，再纵身一跃，跳进浑浊的河水里。吼吼，太开心了！我俩一次接一次地跳，而狗狗们就在旁边的地上玩耍。等跳累了，也凉快了，我们全体上车，摇下车窗，绕着南部这野风习习的山岗蜿蜒行进。我和爱瑞丝将胳膊伸出窗外让风把它们吹干。吉赛尔高兴地用尾巴拍打着后座座椅，只是那"扑扑"声完全被呼呼的风声和贾斯汀·汀布莱克的歌声盖住了。我用大过音响的声音喊道："想去公园玩吗？"不久后我们这种兜风就变成了一兜一整天。虽然妈妈的状况反复无常，我们也知道爸爸已经有了离婚的念头，但只要开车一出门，我们就感觉到生活一切都好。

正值夏日，19 岁的我尽管无比喜欢吉赛尔，仍然会时不时地把它留在家里由"祖父"照料。我晚上出去的次数越来越多，于是就经常收到这样的短信："刚才喂了你的大狗。LOL①（爱你），老爸。""你的大狗在大小便方面还没训练好。LOL，老爸。""你的大狗喜欢跳上沙发。LOL，老爸。""你的大狗喜欢在花丛里滚来滚去。LOL，老爸。"顺便说一句，爸爸认为"LOL"代表的是"lots of love（很多爱）"。（现在他仍然这么认为。）有一天我和朋友们去湖滨玩，从水里上岸后看到爸爸的一条短信："大狗走路的姿势很滑稽。费了好大劲儿才站起来。告诉我你需要我怎么做。正考虑着要不要给挪亚方舟医院打电话。LOL，老爸。"

① LOL 是人们在短信交流时常用的一个简写形式，来自"Laugh Out Loudly"，表示"大笑"或"哈哈"。但也有人用它来表示 Lots of Love（很多爱），书中作者的父亲就是这样用。

这时离爸爸发送短信的时间已经过去了几个小时。糟了！

"在回家路上了！"我坐在一个朋友的货车后座上给爸爸回了短信，心里就像压着一块马士提夫犬那么巨大的石头。老天啊，它还好吗？而且，我是不是有大麻烦了？朋友一直在踩油门加速，但实在是太晚了，恐怕只有时光穿梭机才能帮上我了。

我冲进屋后立即去看吉赛尔。它扭动着从平时睡觉的洗衣筐里探出身来，舔了我一下。"嗨，吉赛尔！"我喊它，它的尾巴一摇一摇地打在筐壁上。它看起来没什么问题。是爸爸看错了吗？我向厨房和餐厅张望了一下，没看到爸爸。我暗自祈祷：但愿你出门打高尔夫了。但愿你还没给挪亚方舟打电话。

我跑步上楼回到卧室，把湿漉漉的泳衣换掉扔在地上，正对着镜子梳头发时，我听到了可怕的声音！爸爸那穿着平底鞋的沉重而缓慢的脚步声从楼下传来！

我僵住了，手里拿着梳子，盯着镜子里的自己。"嗨，劳伦，到楼下来！"他冲着楼上我的房间喊。不妙！爸爸一般都是喊我"弗妮"或者"孩子"，今天喊的却是"劳伦"。唉！大事不好！

我拉上帽衫拉链，用毛巾把头发包起来，轻手轻脚地走下楼梯。爸爸正坐在餐桌旁，吉赛尔蹲坐在他旁边，贝尔莎和尤达卧在窗子旁边的一小片太阳地里。爸爸都不用命令我坐下，他面前那把拽出来的椅子说明了一切。他穿着那件蓝色的"生活真好"牌衬衣，一条腿的脚踝搭在另一条的膝盖上，双臂交叉抱在胸前，下唇紧绷，眉头紧皱，而衬衣上那个标志性的火柴棍小人儿似乎正盯着我，表情滑稽。贝尔莎和尤达一动不动地看着我们，像是陪审团。

我感觉自己的心跳加快了两倍，但不管发生什么，我都不会扔下吉赛尔。我尽量掩饰着紧张，走过去坐下，把脚搭在吉赛尔身上，用其中一个大脚趾在它的皮毛上画着圈圈。我的大脚趾和妈妈的一样，比旁边的二脚趾短。

"我给挪亚方舟打电话了。"爸爸说，"我在后院看到吉赛尔的走路姿势很怪。它四条腿都在打哆嗦，费了挺大劲儿才站起来。我给医院打电话想问问他们能不能帮忙。"我听着，不敢抬头。

"结果他们说医院根本就没有什么寄养项目。他们也不认识劳伦或吉赛尔。"他已经把这事看穿了吧？我偷偷抬起眼看他，但头仍然低着，下巴抵在胸前。我努力地想挤出些眼泪，觉得多少能有点儿用。他看着我，双唇紧闭，等着我给他解释。但我没什么可说的。他会发火吗？我想着，心里不由得害怕。当然，他发火也是理所应当。但其实他没有，他吸了一口气，把胳膊肘撑在膝盖上，俯下身子平视着我。

他接着说:"弗妮,我不知道诚实在你眼里是否重要,但它对我很重要。大概我和妈妈在这方面没有教好你。(我一下子想到妈妈,她撒起谎来就跟打个嗝一样容易。)我想告诉你的是……"他停顿了一下,又说,"如果你总撒谎,将来不管是在生活中,还是在与人相处上,你都不会走得太远。"我抬起了头。

"孩子,看看你自己。"爸爸接着说,"现在考虑一下你要说的话。难道你不想做个诚实的人?"

我觉得难堪极了。泪水,真正的泪水,开始在眼眶里打转。

我原以为自己会被吼上一顿外加闭门思过,而爸爸会把吉赛尔送走。但这些都没发生,我反而更觉得紧张。爸爸没有冲我大发脾气,而是心平气和地与我谈话,就如同我是一个成年人。这没什么不合适,因为我确实就要成年了。

"对不起!"我说,声音有些嘶哑。我看着他的眼睛,又说了一遍:"对不起,爸爸。"

"当然,有一点是真的,我知道你非常爱你的大狗。"爸爸说着,探身摸了摸正趴在地上的吉赛尔。

他在它头上轻轻拍了两下,就好像吉赛尔是他的合作伙伴,他们一起侦查并逮住了我。之后他就起身离开了房间。

我坐着没动,低头看着吉赛尔。爸爸的意思是我们可以继续养它吗？我不太确定。如果爸爸倾向于此，我以后可得小心翼翼，不要把事情搞砸了。妈妈帮不上我任何忙，她已经去了康复中心，要在那儿待上至少 28 天。老天保佑！希望她顺利度过这 28 天，清清醒醒地回来。她能再做回我的妈妈，而我，将成为吉赛尔的妈妈。

对我这位狗妈妈的第一次考验很快就来了。爸爸那次注意到吉赛尔走路不太正常，之后我也发现了，就在"寄养狗狗谎话揭穿事件"不久后的一个傍晚。当时家里静悄悄的，爸爸正在为我们——我、爱瑞丝、特里普和他的新婚妻子珍娜——烤牛排。我光着脚到院子里去找吉赛尔，看见它正卧在草地上。我拍了拍大腿对它说："吉赛尔，过来！"往常它都会跑过来和我玩，但那天它的脚爪就像被拴在了地上，想站却站不起来。它的身体难受地抖动着，腿像突然瘫了一样。"爸爸！"我大声喊道。

"怎么啦？"爸爸开门出来，看见正在草地上挣扎的吉赛尔。

"嗯，前些天就是这样，不知道它怎么了。"

"我们必须带它去找兽医！"爸爸当机立断，把牛排放回冰箱，带着我们一队人出发了。除了正在康复中心的妈妈，我们全家——爸爸、特里普、珍娜、爱瑞丝、我——一起奔向夜间兽医诊所。我们挤在兽医的小房间里，围在吉赛尔身边。他们给它量体温、查耳朵、看鼻子，拉拉尾巴，又拽拽四肢，结果呢？一切正常！那天我们花了 500 美元的诊疗费，弄清楚了原来吉赛尔是"生长痛"。没错，只是生长痛！兽医很确定地说："这对大型犬来说很常见。"我们五个站在那儿听着，都舒了一口气。而兽医先生看到这么多人就为了只生长痛的狗狗挤在他屋里，一脸的迷惑不解。哦，好啦，现在吉赛尔的问题总算弄明白了。不过除此之外，那天晚上我还有更重要的发现，当我们一家挤在小诊所里，每个人都摸摸吉赛尔的耳朵，揉揉它的肚子，用充满爱的目光看着它时，当爸爸毫无怨言地付清诊疗费时，我知道，吉赛尔已完完全全成为家里的一分子了！

03
愿望清单

　　暑假结束了。我待在新搬进的姐妹会宿舍里，凝神望着窗外。这是幢高大而威严的建筑，一共 14 层，我的新宿舍在 11 层。楼里每层走廊都装点着五颜六色的希腊字母，房间里搭配了以印花风格著称的莉莉·普利策牌 ① 寝具，洗衣筐上绣着漂亮的花押字。女孩们挽着胳膊悠闲地漫步，她们的衬衫上印着"pi or die②"之类的文字。这一切看起来都那么相配、相配、

---

① 莉莉·普利策（Lilly Pulitzer，1931—2013），美国著名的时装设计师和社交名流，创立了莉莉·普利策公司，主打产品为服装、女包及家居用品，以色彩丰富、清新明快的印花风格为标志性特点。
② "pi or die"，其中的 pi（圆周率）对应希腊字母 π。美国大学的姐妹会或兄弟会常使用 1~3 个希腊字母作为名称，此处的"pi"即代指姐妹会，"pi or die"则表示"要么加入姐妹会，要么去死"，是鼓动、吸引学生加入姐妹会的口号。

相配！

　　作为新转来的学生，要想适应这里姐妹会的生活真不是件容易事。但如果不转学，就得离开吉赛尔和爱瑞丝，那样的日子更难熬。我特别努力地去融入新学校，不仅去过很正式的橄榄球赛前车尾餐会，还把自己裹上床单去参加长袍派对（并且一直喝酒喝到在草地上呕吐）。我已经和她们打成一片了吗？我想不想和她们打成一片呢？我也说不好。只是每到周一，夜幕降临时，所有的姐妹们都会精心打扮一番，然后潮水般穿过 11 层的走廊，下山去参加每周一次的分部大会，这时我总是默默地跟在最后，我想也没有谁会注意到我。

　　本来我在南卡罗来纳州的查尔斯顿学院就读，转学主要是为了离爱瑞丝近一些，她刚刚上高中。转学后大部分周末我都可以回家。每次进了家门，一眼看到的就是吉赛尔又长大了一圈。没多久它的体形看起来已经比我还要壮硕了，但它还在生长期，还要接着长啊长。

　　当然，吉赛尔并不知道自己的块头已经可以和懒人休闲椅相媲美了，它只觉得自己和尤达差不多。它经常匍匐着往矮茶几下面钻，想趴在那儿打个瞌睡。那小桌自然会被顶起来，在它头上东倒西歪地打晃。它是家里的危险分子，不是碰翻了咖啡就是摇着尾巴撞倒了架子。我和爱瑞丝一起窝在客厅的小双人沙发里看电影时，它也会颠颠地跑来，完全无视沙发上没有空地儿的事实，先把一只爪子搭上来，接着再搭另一只，然后向上一蹿，它那一百来磅的身体就重重地落在我俩的大腿之间了。它压着我们的腿和肚子，挡住我们的视线，挤得我们连胳膊都抬不起来，可它还张大嘴开心地喘着气，似乎在想：瞧，她们都不知道我在这儿呢。

吉赛尔越长越大，妈妈的状态却越来越差了，她的瞳孔在不断地缩小。她在戒断康复中心被迫过了 28 天的清醒日子，回家后不过几分钟时间就开车出门了。我们一家又开始重复以前那种煎熬的生活：悄悄跟踪她，翻找她的衣橱，给卖酒的店铺打电话询问她去没去过。

有一个周末，我到家时大约下午 5 点，发现她又醉倒在沙发上。她的车又被撞瘪了一处，衣橱深处藏着几瓶舒特家族的迷你瓶装酒和几瓶泰诺，不过里面的药片花花绿绿的，让人怀疑那根本就不是什么泰诺。我决定当面问问她。"妈，你为什么吃这些？这有什么作用？"我把药片倒出来一些举到她面前，尽量平心静气地问道。她眯着眼睛看了看我的手，就又呆呆地望向远处，好像她要说的话突然间丢了，不知在头脑中漂游至何方，她必须得先找到它们才能开口。过了一会儿她才转向我说：
"甜心，我没吃！我再也不吃这些了。我现在特别好！"她语气
很坚决，还带着些莫名其妙，似乎不理解我为什么要拿这些药
片来指责她。

以前有多少次她都这样言之凿凿，又有多少次我会因此而纠
结，觉得总怀疑"妈妈身体有问题"的自己才是不正常的那一个。
所以现在我又开始动摇，尤其是想到她刚给我寄过新钱包、几个
月前还为我买下吉赛尔的时候。我不由得看向妈妈，结果被她那
呆滞的双眼一把拉回了现实。

"不是吧，妈妈？你根本就不好。你在骗我！"

她盯着我，但很难集中目光。我说的话显然把她激怒了，她
一下子从昏昏欲睡、神情恍惚中清醒过来，厉声喊道："你怎么能
怀疑我？简直太不公平了！我都是为了你啊！"于是突然间，我和
妈妈就像两个不懂事的孩子，在房间里怒气冲冲地走来走去，把
橱柜门摔得砰砰响，声嘶力竭地就"你有问题——不，我没有问
题"的老一套大吵大嚷，直到最后我忍不住给爸爸打电话，对着
他一通喊叫："爸！我们不能再这样过下去了！这不公平。对爱瑞
丝不公平！你就不能想办法解决一下吗？求你了，求你让她离开
这个家吧！"成瘾，真是世界上最棘手、最残酷、最复杂的病症

了。只要你跟它扯上一点儿关系，你的生活就会变得一团糟。它简直就是一个恶霸！

这个恶霸正在夺走我的妈妈！

我恼怒地关上车门，带着吉赛尔离开了家。我不只想离开布伦特伍德，我甚至想逃离整个田纳西州。我恨我的学校，也恨我的家庭，不知道哪儿才是自己的容身之地。对于妈妈，我们能用的办法都用过了。我一直觉得，如果我能证明她说谎，如果我能让她认识到她遇到了困难，如果我央求她、跟她讲讲道理，就会有效果。必须有效果，不是吗？我气得浑身发抖，双手狠狠拍打着方向盘。"去他妈的！"我大声骂着脏话，冲向 65 号州际公路，往北直奔纳什维尔。这时后座上的吉赛尔往前探着身子，把下巴搁在中间的仪表盘上，它努力地想离我越近越好。我不断地深呼吸，想镇静下来，但我实在想不通妈妈为什么宁可选择酒和那些药片，也不要她的家人。（最终，她真的这么做了。爸爸后来跟她摊牌说，如果她总拒绝寻求帮助，只好让她搬出去住了。她没有过多争辩。她搬走了。）

我一直开到纳什维尔西南边的佩西华纳公园才停下。华纳公园里有两千多英亩遍布曲折小路的山地，而我正需要透透气。我随便选了一条小路，给吉赛尔套上牵引绳，我俩就开始往前走。

吉赛尔在我右边，既不超前，也不落后，而是与我并排。虽然套着绳子，但它步态放松而自然。它不时地仰头看我，以前它也常这样，主要是想确认我和它在一起，但那天我觉得它感知到了我的痛苦。我们加快了步伐，从快走变成了慢跑。一直在我旁边的吉赛尔开始加速，我们于是越跑越快，我们俩的六只脚敲击着地面，就像两面鼓咚咚作响。

吉赛尔的牵引绳在我俩中间上下翻飞。很明显，这根绳子把人和狗狗联结在一起，我也常认为，正是这根绳子把吉赛尔和我从两个个体变成了一个整体。但此刻绳子有些碍事，不仅搅乱了我俩之间的默契，还让我的心事都打上了结。

于是，我干脆把牵引绳摘了，然后我们奔跑起来。

我们齐头并进，就像一场小小的竞技赛。我们步调完全一致，只专心于眼下的奔跑。我们都拿出了最快速度，把两边的树飞快地抛在身后。吉赛尔已经长到我臀部那么高，但它从不像大多数狗狗一样，会在我前面撒欢儿或者去咬我的双脚。这会儿在我身边奔跑的它，垂坠的下巴在风中颤动着，长长的粉红色的舌头伸在外面，欢快地摆来摆去。它像是我的保护者，又像是我的朋友。听起来我们的脚步声已经不是两面鼓，而是合成了一面大鼓，每前进一步都这样响着：咚！咚！咚！咚！

我们跑了几分钟，直到看见路旁有一小片空地，才跑过去一头躺倒在上面。我枕着吉赛尔的肚子，听着它的喘息声和我的一样逐渐平缓下来。我简直不能相信，自己的巨型大狗居然可以不用牵引绳和我一起跑步。我知道，它老老实实跟着我，是因为它想和我在一起。它的呼吸变慢了，我的头随着这个节奏在它肚子上晃动着，这时它扭头在我脸上舔了几下又咬了咬我的鼻子。它总是以这种方式表达对我的爱。

从此，跑步成了我在大学期间一直坚持的事。迷茫的时候，奔跑会给我一个方向。和大地结为一体，我感觉到踏实。我并不是借跑步发泄内心的痛苦，而是觉得平生第一次，我终于找到了自己最应该做的那件事。

跑步也带给我成就感，我每一天都过得很充实，而且敦促自己去挑战对身体和精神有双重要求的事情。眼睁睁地看着妈妈每日醉生梦死、虚度光阴，我很害怕自己会变成和她一样。我不想浪费生命，我想倾情投入。于是我开始了半程马拉松训练，而吉赛尔成了我的训练伙伴。

和160磅的英国马士提夫大獒一起训练也不都是好处，甚至还有危险。有一次，是晚春时节一个宜人的下午，我带着吉赛尔和贝尔莎去了布伦特伍德基督教青年会的公园，打算在足球场上练习一下短跑。多数时候吉赛尔会和我一起跑，但贝尔莎的矮胖身材显然不适合运动。我不想把胖子独自晾在一边，怕它会觉得难为情，所以就把它俩一起拴在了球门架上。吉赛尔摆出狮身人面像的姿势乖乖卧着，胖子则四脚朝天躺在草地上，兴奋地喷着响鼻。

安顿好它们后，我就开始跑步了。吉赛尔竖着耳朵，一直专心地看着我跑出去又跑回来。我跑完三个来回到达球门的时候，轻轻拍了一下吉赛尔的头。它肯定是把这一拍理解成"你来不来啊？"，所以随着我起跑，它也跟着起跑了，带着球门和可怜的胖子一起！这样的三个组合向前猛冲，可真是难得一见啊！吉赛尔完全没有意识到那球门是被它拖拽着，它只看到一个大网在追它，它跑得更快了！可怜的贝尔莎为了跟上吉赛尔，只好拼命倒腾着小短腿，创造了它有生以来的最快速度。我见状立刻掉头去追赶它们，使劲儿挥舞着胳膊，又是笑又是喊。最后我终于在一个站满了孩子和家长的停车场前追上了它们，又花了一两分钟才把乱成一团的狗狗和球门分开。

后来吉赛尔跟着我住到了诺克斯维尔。晚上我俩会在校园里跑步。我们先沿着第十六街小跑，经过我之前住过的姐妹会宿舍，然后跑上志愿者大道，校园的人行路在这儿变成上坡，直通向图书馆附近一座青草茂盛的小山。每次我们走到此处，吉赛尔就开始满怀期待，它加快了步子，前爪兴奋地敲打着混凝土路面。我一边摘下它的牵引绳，一边说道："准备好了吗，姑娘？咱们开始？"

晚上待在室外的学生并不多，但只要遇到我们，都会突然停下，怀抱着书呆站原地，惊讶地望着这只巨大的狗狗从暗影里跑过。向小山上跑时，吉赛尔会时不时回头看我是否跟得上。我会发力追赶它，然后我们一起飞奔到草丛里，头顶上正是洒满了星星的天空。

和吉赛尔一起在校园里度过的这些晚上常常让我浮想联翩：如果我说我想跑上一英里，随后我就能完成这一英里，那只要下定决心就能做成的话，我再做件别的什么事呢？我的双脚还能带我去别的什么地方呢？每次跑步时，我都会想象我向往的地方、我向往的景致。我还会想，如果真到了这些地方，我希望自己成为什么样的人呢？我开始在脑子里把这些愿望逐一列出，再记到日志上：

跑一次全程马拉松

去非洲看狮子

去国外留学

去意大利吃比萨

谈一场恋爱

刺一个文身

这份清单最终被命名为"劳伦的愿望清单"。我不断把完成的划掉，把新的填上。

——跑一次全程马拉松

——去国外留学

——刺一个文身

——去意大利做互惠生

——去意大利吃比萨

——去意大利吃冰激凌

——去意大利吃培根乳酪鸡蛋意大利面

时间过得飞快！我23岁了，完成了大学学业，正在筹划着下一步如何安排。爸爸妈妈已经分居，正准备着办理离婚。爱瑞丝在加利福尼亚读大学。特里普和珍娜搬去了洛杉矶。妈妈检查完身体又住进了戒断康复中心。朋友们有的仍在实习，有的开始工作，有的准备结婚。我浏览了一下自己的清单，其中一项——就像正在纸上闪闪发亮似的——立刻吸引了我的目光。虽然我对未来还没有拿定主意，但清单中的这件事在目前看来是最适合下一步去完成的。

　　我于是决定离开田纳西，暂别南部生活。我想去一个更有活力、更具挑战、更国际化的地方，一个我几乎一无所知的地方。我打算去纽约，去曼哈顿，带着吉赛尔一起去。

04
在曼哈顿

在我的愿望清单不断增增减减而且我兴奋地期待着很快就可以把"在曼哈顿生活"这一项划掉的同时，吉赛尔也在壮大着它自己的一份清单。恐惧清单！这世界上几乎没有什么东西是吉赛尔不害怕的！

信箱

排水沟

陌生人

尤达

纸箱和各种容器

足球球门（可以理解！）

自行车

贝尔莎

塑料袋

电动工具

　　甚至停着不动的自行车都让它害怕。曾经有一次，车库里放了一辆自行车，吉赛尔小心翼翼地从它旁边匍匐而行，就好像那自行车是只它万万不敢吵醒的棕熊。还有一次它死活都不肯到院子里去，竟是因为一个"邪恶"的被风吹得哗啦作响的塑料袋。而尤达只需吠叫着扑过来，就能把吉赛尔吓得躲到桌子底下，那意思是："哎呀，尤达！真对不起！请别伤害我！"

　　所以，要带着我的巨型宝宝去纽约——一个有更多塑料袋飘在风中、有更多自行车和排水沟、有更多（而且更大更响）电动工具和机器的地方，我自然有些担心。虽然吉赛尔和我在田纳西大学的时候已经比以前大胆而且自信了，但它仍然是温柔巨人中最温柔的。如果曼哈顿令吉赛尔害怕，怎么办？如果它刚到就想"乡村小路，带我回家"，就想回到那片夜晚寂静无声、天上星斗遍布、田野绿草青青、可以开车兜风的土地，又怎么办？想来想去，也只有一个办法：我得先租到一套公寓，给吉赛尔一个家。

对外乡人来说，纽约的第一重考验就是看你能不能找到一个住处。纽约式的说法是："那么，你想生活在这儿的愿望有多迫切呢？你愿意在空间、道德准则、收入、忍受脏乱以及尊严方面做出多大让步呢？你有多疯狂呢？"在这儿，适者才能生存。如果你连住处都搞不定，你最好还是离开吧。也许纽约并不是最适合你的城市。不过我对考验这事非常理解，因为这恰恰说明住在纽约的人一定都是发自内心地甚至不顾一切地想住在这城市，否则也忍受不了令人痛苦的"猎房"过程。不久我就认识到，其实曼哈顿的一切都是这样——如果你不愿意付出劳动，它会无情地切断你的生路；但如果你愿意，而且如果命运眷顾，你就一定能得到丰厚的回报。

命运给予我最大的馈赠之一就是吉米。吉米是康涅狄格州的哈特福德人，但她在新泽西州念书。我俩在参加出国留学项目时认识，马上就一见如故。当时我们一共有四个女孩，她和我在穿衣风格上惊人地相似。她是那种被许多人看作是知心朋友的女孩。

我们一起住的第一年，她多次被请去做伴娘或主要伴娘，前前后后参加了不下 12 次婚礼。而且特别有规律的是，差不多一个月一次，所以每个月她都要做的一件事：就是在伴娘戴的那种扁平帽子上粘一圈人造钻石，为下一场婚前女子派对做准备。中间她会停下手，看着我翻翻白眼说："真够烦的！这些！婚礼！"她无奈地笑笑，又低下头一颗一颗粘着。

我俩都想不通那些同龄人为什么早早就要步入婚姻。搬到纽约，养一只狗，才是我俩最想做的事。同是 23 岁，我俩觉得纽约就是一个超级游乐场。23 岁的女孩，成家？现在？太可笑！还有那么多没见过没探索过的事物呢！我和吉米曾经结伴做过很多刺激的事，比如挑战全世界最高的蹦极桥、去日本长野做当地家庭寄宿生、一时兴起在独木舟上过夜，等等。而眼下，我们最大的一次冒险活动就要在纽约展开了！

我和吉米一起去见租房中介的路上，我问她不喜欢什么样的室友。她说："呃，那种因为一点儿小破事就生气的人。"对此我有同感。谁愿意和这样的人住在一起呢？不过，我会因为一点儿小事就生气吗？我觉得自己不是那种人。在国外学习的时候，吉米得了一个绰号叫"乡下女孩"，因为她经常喝醉，说话很风趣但脏字不断，在名胜古迹前留影时总爱摆出很性感的姿势……但这些从未引起我的反感，我愿意和她待在一起。

我特别喜欢吉米。她性格随和，但又能保持积极进取。她不拘小节，大公无私。如果需要，仅依靠调料她也可以度日。曾经有一次，我觉得很饿，她毫不犹豫就把手里的薯条递给我，自己只留了一袋番茄酱。她一边往嘴里挤着酱，一边说："什么？居然这么好吃！"另外，听说会有一只狗狗，吉米非常兴奋。她欢呼道："我从没有养过狗！但我一直都想有一只狗！"以前在诺克斯维尔她见过吉赛尔一次，她当时的反应是："噢，其实它看起来没有那么大！"没错，吉米是百分之百的完美室友。要紧的是我们必须找到一套公寓！

我们找了一位名叫阿莉的中介，她带着我们几乎踏遍了地狱厨房区① 的所有楼梯。这个区，用她的话说，我们能"负担得起"。尽管要走很多台阶，阿莉却一直穿着她热爱的铅笔裙。我们跟在一条又一条的铅笔裙后面，探访了若干套"阳光充沛的""现代感十足的""无比宽敞的"公寓。但看过的这些公寓都太小了，小到如果摆上一个沙发，坐在上面伸手就能打开冰箱。很快我们就发现，能摆下一张床的卧室就算得上豪华，而有扇能照到一线阳光的窗，那简直就是奇迹了。我很想知道，那狗狗怎么办呢？纽约

---

① 地狱厨房，正式行政区名为克林顿（Clinton）。地狱厨房早年是曼哈顿岛上一个著名的贫民窟，主要由爱尔兰裔移民的劳工阶层聚居，以杂乱落后的居住品质、严重的族群冲突与高犯罪率而闻名。

人都在哪儿养狗呢？这时吉赛尔还在布伦特伍德，我的计划是一找到住处就把它接来。但这些公寓实在是太小了，我担心根本装不下吉米、我以及吉赛尔。吉赛尔要想转个身，估计得先退到楼道里才能转得开。

不用说，我们这第三位室友虽然可爱，却给找房子这事增加了难度。

"你再说一遍，你的狗有多重？你说它又长大了，对吧？"阿莉问道。她正领着我们去看第十七号新家，又一处"巨便宜"的房源。

我不想把吉赛尔的实际体形告诉房地产中介，甚至在填表时也把宠物体重那一栏空着。其实跟大多数女孩一样，吉赛尔的体重也是经常变化的。这段时间它比以前要重，应该是它有生以来的最高纪录了。一部分原因是在我出国读书期间，它待在家里多与沙发为伍，运动量大减。我刚从国外回来时，虽然我的脸圆得像发起来的面包，还长出了双下巴，小肚子也因为吃多了巧克力酱可丽饼大了一圈，但我发现表面积剧增的不只我自己，还有吉赛尔做我的同盟军。它以前那曲线优美的"妖娆"身材已完全不见，特里普说它已步入"吉赛尔的泡澡桶阶段"。我的狗狗体重已达 180 磅（约 81.6 公斤）。

后来阿莉直接问起吉赛尔体重的时候，我迟疑了一下，说："嗯……它也就刚过 100 磅。"虽然说谎有些过意不去，但人人都有不得已隐瞒自己体重的时候。阿莉听了，一下子瞪大了双眼，张大了鼻孔，无奈地摇了摇头。她快速地翻着板夹上的文件，以一副长辈的口吻警告我说："唉！有这么大一只狗，会让你找房子很受限制。"她不知道那只是吉赛尔的一半重量。这位铅笔裙女士完全不知道另一半吉赛尔的存在。对阿莉说谎我并不觉得有多抱歉，因为她也一直在骗我们。她不断地吹嘘她介绍的公寓是多便宜、多宽敞、多向阳，但实际根本就不是那么回事。

我开始感到绝望。我尽量不挑剔。我不需要大房子，吉米也不需要。吉赛尔呢？它当然也不需要。它最喜欢的"住所"仍然是我的大腿上，所以即便一套小小的公寓也是吉赛尔未曾想到的吧。

于是我和吉米继续按这个标准，寻找小型的但适宜居住的公寓。就在我断定"纽约租房记"即将以悲剧收场时，阿莉又介绍了一套位于第八大道和第九大道之间 43 街上的公寓。

阿莉"啪"的一下打开了灯。

我惊讶地张大了嘴，简直不能相信自己的眼睛！这套公寓有足够的空间容纳沙发、椅子、电视、大狗，而且，还带一个独立厨房！我们没有家具，但如果日后有了，这里都能放得下，想想就令人开心。公寓有两个卧室，后面有一个铺着木地板带围栏的露台。居然还有露台！这真是奇迹般的发现！连阿莉都很吃惊，接连几次低头翻看她的板夹。我真担心她搞错了，带我们看的其实是一处超出我们支付能力的公寓。但并没有错！

两个卧室，一间比另一间稍大，我觉得吉米和我都想要那间大的，但吉米却非常大度地说："你住大的吧，你还有狗狗呢！"露台上甚至还有一棵树。没错，是一棵树！它的根就在后面这间卧室的地下，已经把地面顶出一个斜坡。刮风的时候，我总害怕这树会带着整套公寓被连根拔起，我们会像《绿野仙踪》里的多萝西一样飞上天去。但不管怎样，有这么一棵树，一棵让我想起田纳西的树，就是意外之喜！上一个租户还留下了绕着围栏一圈的白色圣诞小灯、两只灯笼，以及几个花盆。我们可以装一个吊床，露台的大小也足够吉赛尔躺着晒太阳了。木围栏上还有一块用细绳吊着的车牌，上面的字母是 RIO。于是，我们在纽约的第一套公寓就被冠以"RIO"这个名称了。

我和吉米装饰 RIO 的主要方式是靠"捡"。我们从地狱厨房区的人行便道上捡回来许多东西：几把又破又旧甚至折了腿的椅子；一块运气不好被扔掉的厨房台面，我们把它刷成黑色做了吧台；

一张需要一个新家的滚轮边桌……我们的公寓就像是被遗弃的
"流浪"家具的收容所。吉米的爸爸甚至在他们家附近的街上发现
了一个长沙发，当时刚下了一场暴雨，所以这沙发从哈特伍德运
来的时候真是丑陋无比，颜色是暗淡的橄榄绿，而且到处湿乎乎
的。但我们不介意，照样收容了它。我们把它推到 RIO 的露台上，
并亲切地称它为"沼泽湾"。厨房里，吉米挂了一块我们从杰克 99
美分店买回来的软木留言板。她说："不要低级的东西，像 Live，
Laugh，Love 墙贴这样的劣质品一样也不能出现在咱们公寓里。"

　　我们花了一大笔钱买黑板漆，把墙面刷好后可以把重要的事
直接写在上面。比如清单——"买浴帘。"我在上面写道。但差不
多一个星期后我们才把这件事完成，这期间每次淋浴水都溅到浴
室地板上，必须小心翼翼迈步才行。"找到适合成年人的工作。"
我们写道。当时我们都在做服务生。我来纽约之前表兄就帮我联
系好了上西区一间酒吧的工作，所以我一到这儿就有收入。吉米
是在莫里山的一家美食酒吧当服务员。我俩相信，过不了几个星
期，就可以写上最令人激动的那条："吉赛尔，欢迎来到纽约！"

　　我的公寓前面正好有一个空出来的停车位给妈妈用，这看起
来是个好兆头。妈妈已经从戒断康复中心出院，住在纳什维尔市
区，状态保持得不错。最近和我通电话时，她的声音听上去比

以前清楚干脆。她经常打电话来询问我的情况，我就把我在时代广场的新公寓详详细细讲给她听。她问能不能由她开车把吉赛尔送来纽约，这样我们可以再次享受"妈咪－劳伦"的亲密时光。她说她很想我。虽然很难搞清楚她的情形到底怎样，但她想来看我就说明是个好迹象。她让我把需要从老家房间里带过来的东西列个清单，用电邮发给她，她会一并送来。我亲爱的妈妈回来了！我期望着，同时觉得自己很幸运，有这样一位处处为我着想的妈妈。

吉赛尔从妈妈的 SUV 里往外跳，它先把两个前爪撑在地上，然后有些费力地把两条粗粗的后腿拖出来。它一向行动不算敏捷，但看见我的时候，它的耳朵朝前竖起，眼睛瞪得很大，两条前腿开始抬起又放下。我也按捺不住激动，呼吸急促地喊道："吉赛尔！嗨！嗨！我的宝贝儿！嗨！"我们重逢在 43 街的人行道上，它轻轻咬着我的鼻子，我用双臂搂住它的脖子。"我很想你！"我对它说。它兴奋地在我面前转了几个圈，又不断地扬起前爪，我也用手掌一次又一次地和它互拍着。

妈妈从车里下来了。"嗨，妈妈！"我边喊边向她跑过去，心里其实有点儿害怕看到她。如果她的眼睛还是混浊模糊呢？如果她说话还是含混不清呢？到纽约这么远的路，我相信她能载着吉赛尔一直开过来,但我也十分担心她有没有酒后驾车。当然,某种程度上我知道,假如身体不允许,她应该不会主动提出长途开车到纽约来。以前只要她状态不好,她就会想方设法避开我们。这会儿,妈妈也正朝我跑过来,她张开双臂拥抱我的时候,我看见了她明亮的眼睛,以及她脸上绽开的笑容,我紧绷的肩膀一下子放松了。妈妈紧紧地抱着我,舍不得放开。她的车里堆满了我的东西:大张的世界地图、吉赛尔的宠物床、我的小佛像,以及一只装满了书的行李箱。

我把我们住的楼房指给妈妈。她微笑着抬头看了看,捏着我的手惊叹道:"啊,真好!宝贝儿,我喜欢你的家!"这栋楼的前门已经年久开裂,上面贴着防水胶布,还有人们的胡乱涂鸦,门铃不好用,有时不按它也会响。过道的荧光灯闪着惨白的光,很像恐怖电影里的谋杀现场。但妈妈说:"真为你高兴!这儿很迷人。"

听到妈妈这么说,我就更确定她状态不错了。她居然觉得我这破败失修的、和港务局巴士总站面对面的公寓很迷人。我敢说,妈妈就是这样一个女人,只要她头脑清醒,她就能发现所有事物的美好之处。看到吉赛尔、妈妈以及我那些被装在洗衣篮里运来的东西都在这人行道上,我才突然感觉到这次搬来纽约并不是在做梦，而且它会是永久的……最起码是一个 23 岁年轻人所理解的那种永久。

简直不能相信——我和吉赛尔正生活在曼哈顿的中心，走一个多街区就可以到杜莎夫人蜡像馆，旁边就是时代广场 99 美分比萨快餐店。（超级方便！）附近沃尔格林药店的红色霓虹灯招牌闪闪发光，引人注目。我时时都知道我在纽约，因为在第八大道两边的旅游用品商店里，成千上万件小纪念品上都印着这五个字母"IVNYC①"……我收回思绪，和妈妈把几个洗衣篮收拾在一起，搬上它们很艰难地挪进了 RIO。

妈妈在纽约住了几天。她带我和吉米去名厨安东尼·波登的圣豪里饭店吃饭。令我欣慰的是，妈妈坚持给我和吉米点了香槟，说我们需要庆祝庆祝，给自己却只点了一杯水。第二天妈妈开车带我们去宜家家居，我和吉米都把我们的公寓当成了宫殿，野心勃勃地买了一个对客厅来说有点儿庞大的书架。回到家，我们把吉赛尔赶到过道，就开始一块一块地组装，直到最后无奈地承认这个书架确实放不进屋里。"孩子们，别着急。"妈妈笑着安慰我们，帮我们把书架拆开，又开车带我们去宜家退货。

我和妈妈挽着胳膊在街区周围遛狗时，妈妈告诫我说："宝贝

---

① IVNYC 指的是"I visit New York City"，意思是"我在纽约""我参观了纽约"。

儿，不要遛它太长时间。"她说吉赛尔很温顺，不能一下子接受太多的感官刺激，要让它慢慢适应城市生活。妈妈离开纽约的前一天晚上，我和吉赛尔陪她走回几个街区外的酒店。我紧紧地抱着妈妈，对她说："妈妈，谢谢你为我做的一切！"松开她的时候，我注意到她正看着我身后的那些灯。"妈妈？"她这才把目光收回来看我。我问她："你还好吗？"

"当然了。"她在我脸上亲了亲，转身进了酒店。我忍不住地猜测她回到酒店房间会干什么，或者，更糟糕的，是她回到纳什维尔自己独居的公寓后又会做什么呢？

05
时代鬼场

  不管妈妈究竟康复得如何，她能把吉赛尔送到我身边就非常了不起了。而且，我和吉赛尔现在都成了城市女孩，我们要靠自己打拼生活。也许是时候放下对妈妈酒瘾的焦虑和担心了。我来到了纽约！有最好的朋友和我在一起！正值 11 月，探险的时候到了！

  我把吉赛尔粉色的皮质牵引绳在手上绕了几圈，让它靠近我的膝盖，同时暗暗祈祷它不要夹着尾巴缩着身子走路。我们要躲开喇叭响个不停的出租车，远离地铁吵人的吱嘎声，还要特别注意 Nuts 4 Nuts[①] 的移动售卖车，它速度很快，连我都得时时小心

---

① Nuts 4 Nuts 是一种坚果类零食，主要制作方法是把焦糖和坚果仁放在一起炒制，其移动售卖车在纽约街头随处可见，一般现做现卖。

躲避。我训练着吉赛尔："你这样做，宝贝儿！"我们穿过43街的闹市向布莱恩公园走去，而令我分外吃惊的是，吉赛尔确实做到了。它不害怕曼哈顿。它很从容地迈上基本相当于"步行者高速公路"的人行道，摆动着臀部，和我速度相当地并排走着，没有迟疑或停步。周围的人流车流以及噪音完全没有干扰到它。它走得那么自然，对任何事任何人都毫不在意，俨然是位真正的纽约人！我心中暗想，吉赛尔，你是如何做到的？真希望它也指点我一下如何才能具备城市女孩风范。看来吉赛尔应付曼哈顿完全没问题。但曼哈顿能不能应付得了吉赛尔呢？那之后不久，这个问题就摆在了我面前。

我们横穿过43街和百老汇来到时代广场上，"蝙蝠侠"被吉赛尔吓了一跳。我们走近时，"布鲁斯·韦恩 [①]"正站在扮演其恶棍对手贝恩的小伙子身后，他披上蝙蝠侠斗篷，把枕头似的假肌肉胸塞好。他恨恨地说："啊呀，该死！这只狗屁股真大！"哈哈，哥谭镇 [②] 有麻烦啦！

我和吉赛尔在一大群卡通人物中穿行——凯蒂猫、《芝麻街》里的小怪兽埃尔默、《玩具总动员》里的巴斯光年、《超级战队》里

---

① 布鲁斯·韦恩（Bruce Wayne）是蝙蝠侠系列故事中蝙蝠侠的真实身份。白天他是花花公子布鲁斯·韦恩，晚上就变身为令罪犯闻风丧胆的黑暗骑士——蝙蝠侠。
② 哥谭镇（Gotham）是纽约市的别称，是大作家华盛顿·欧文在其1807年的一部作品中为纽约取的。蝙蝠侠故事中，布鲁斯·韦恩出生地的地名也是哥谭。

的粉色战士、任天堂游戏里的超级马里奥和路易吉……他们都穿着像是派对城①里售卖的那种卡通服装，和蝙蝠侠一样在这热闹的步行街上来回走动。他们看见吉赛尔时，也跟蝙蝠侠的反应相似，都是后退几步，有的还把面具推上去，露出热得发红流汗的脸，吃惊地盯着吉赛尔，就好像遭遇了一位他们还未交过手的超能力者。

多年来一直在时代广场卖艺的裸体牛仔罗伯特·伯克，只穿着白色的紧身内裤和牛仔靴正在表演。我们走过他身边时，他低头看了看我的大个子条纹狗狗，又抬头看了看我，一下子惊得目瞪口呆，就好像我才是发疯的那个。我只想对他说：先生，拜托！我想告诉您，现在是11月啊，您就穿着一条内裤在这儿弹吉他！它可只是一只狗狗！没什么特别的。

以前我想象中的纽约人，都是你追我赶地在大街上匆匆而行。他们穿着黑色的职业装，目光专注，神情严肃，除了自己的行程对其他事一概漠不关心。但如今我们感受到的却不是这样。我带着吉赛尔走在地狱厨房区的人行道上，凡是看见它的人都会兴奋起来，不由自主地发表他们的意见。

"这绝对不是狗，是尤曼吉②里的猛兽。"

---

① 派对城（Party City）是美国一个大型的连锁商店，主要经营各种聚会用品。
② 尤曼吉（Jumanji），一部1995年上映的电影，中文译作《勇敢者的游戏》。影片中有一种叫作Jumanji的魔力游戏棋，开始游戏后会出现猛兽狂奔等惊险场面。

"狂犬古卓^①！"

"我的天啊！"

"太不可思议了！"

"狮子！"

"老虎！"

"哇哦！"

于是一场猜谜游戏——就像是猜词或是猜名人那种的——开始上演，谜面是"吉赛尔到底是什么动物"，路过的行人纷纷以最快速度说出答案。

"野兽！"

"木法——沙－沙－沙！"

"哥斯拉！"

"沙地传奇！"

"贝奥武夫！"（格兰戴尔？）^②

---

① 古卓（*Cujo*）（国内译作《狂犬惊魂》）是一部拍摄于1983年的电影，讲述了一条名叫古卓的圣伯纳犬被蝙蝠咬伤后，凶性大发，成为夺命狂犬的故事。

② 此处野兽指的是电影 *Beauty and the Beast*（《美女与野兽》）中的野兽。木法沙（Mufasa）是电影 *Lion King*（《狮子王》）中荣耀国的国王，辛巴（Simba）的父亲。哥斯拉（Godzilla）是《哥斯拉》系列电影中怪兽的名字。沙地传奇（*Sandlot*）也是一部美国电影，影片中有一只体形巨大的黄狗。贝奥武夫（Beowulf）是电影 *Beowulf* 中的主人公，影片中他与恶魔格兰戴尔（Grendel）进行了生死搏斗。此处这个行人搞混了贝奥武夫和格兰戴尔的名字。

"一头熊！"

"哇哦！"

人们常热衷于告诉我吉赛尔绝对不是狗。一次在第八大道的一家熟食店门外，一个小伙子用一根手指戳了戳我，非常礼貌、非常认真、非常肯定地对我说："我想让你知道，它不是狗。它是霸王龙。"很显然他是想帮我。他希望我知道我正带着四处遛的其实是一只来自白垩纪晚期的食肉型大蜥蜴，它很凶猛，所以我应该有必要的预防措施。

间或也会有人特意告诉我吉赛尔确实是一只狗。但这种时候通常都是话里有话，他真正想说的可能是："要命！这他妈的真是只大狗！"

人们的这些反应就好像他们以前从没有见过狗狗，这有些奇怪，因为附近养狗的人家并不少。他们像狗仔队似的追问我："你是怎么弄到这只狗狗的？""你住在哪儿啊？""你的公寓有多大？"有时碰到带着大狗——比如拉布拉多犬或金毛巡回犬——散步的主人，也会问类似的问题："哦，天哪！你到底是如何在公寓里养这么大一只狗的？"我觉得这问题非常滑稽，因为我看到他们的拉布拉多犬，一会儿像在跳大河之舞，一会儿在原地转圈，把牵引绳绕得一团糟，一会儿又上蹿下跳地索要主人手里的球，而我的吉赛尔，在一个地方站得不耐烦了，通常就会安安静静地躺在人行道上。当然了，这也是吉赛尔不可能保持干净的原因。我们一出门，它那漂亮的条纹皮毛就蹭上一层尘垢，有时这些尘垢还会跑到我床上来。所以和以前相比，洗澡变得更重要了，而吉赛尔被允许蹭床睡的时间也和洗澡时刻表变得更加一致了。

我们在融入城市生活上做了很多努力，但吉赛尔在排泄问题上却不配合。这里的人给它太多关注，是我原本没有想到也不希望见到的。我观察过那些小型狗狗的主人，他们把一个我觉得是粉色的有西瓜香味的袋子套在手上，然后用两根手指一捏，就把两小疙瘩粪便收到袋子里了。而我呢，用的是从乔氏连锁商店拽来的农产品类塑料袋，还得想着两个应该就够了，还得祈祷袋子不要出问题。有时候袋子确实有问题。也许有个铲子会更方便些。在田纳西的时候，吉赛尔排便时没有谁会看它，我把它带到随便一个安静的草木很多的公园，清理之后扔到垃圾桶，完全是小事一桩。我会安慰它说："宝贝儿，这简单得就像没发生过一样。"

不过，吉赛尔现在只能在曼哈顿热闹的人行道上、在很多人面前解决此事了，完全无处可藏。路过的人们多会捏起鼻子，而且，每次必定会有那么一个人嚷嚷道："真恶心！"

也许正因为如此，初到曼哈顿的吉赛尔用了整整一个星期才鼓足勇气到人行道上方便。开始几天，在我万分希望它能像别的城市狗狗一样，把热闹的飘着香味的人行道当作便盆时，它却只是盯着我看。我猜测它的感觉就像是女孩们初次去新男友家或者在田纳西波纳若音乐节上使用移动厕所——一般都会用意志控制自己：知道不可以，所以会暂时憋住。现在想想，当时的吉赛尔并不明白它其实等不起。它不知道我们已远离家乡。

　　一周即将过去，我开始担心。我打电话咨询吉赛尔的兽医，还在谷歌上搜索"我的狗狗不肯排便""如何训练狗狗在混凝土地面排便"，等等。我们绕着整个地狱厨房区，去过布莱恩公园，去过私人停车场——在那儿汽车可以帮吉赛尔遮挡一下，也去过西侧高速公路旁的河滨，但都无济于事，吉赛尔只吸着鼻子四处闻闻而已。我甚至产生过强烈的冲动带它去布莱恩公园那些竖着"禁止带狗进入"标志的草坪，如果它在这方面确实需要独占的话。但我们最终还是克制住了。随后，有一天，遛吉赛尔的任务由吉米去完成……

　　吉米带着吉赛尔走到了43街和第十大道交叉处的唐恩都乐甜甜圈店附近，这儿是吉米最喜欢的地方之一。唐恩都乐甜甜圈来自波士顿，在全国各地都有连锁店。吉米出门的时候很匆忙，她心存侥幸，没有带乔氏连锁店的狗狗粪便袋，事后证明这真是无比糟糕的决定。吉赛尔已经等了太长时间，它终于憋不住了。它在那繁忙热闹的人行道上突然停住，蹲坐在地上。这积攒了一个星期的粪便，吉米说，是那么巨大的一坨，大得简直可以撼动帝国大厦！过往的行人都面带嫌恶地躲闪着，而可怜的吉米一时间没了主张，她两手空空地站在那儿，像足球守门员似的张着胳膊以防有人不小心踩到上面。过了一会儿，她才屏住呼吸，从垃圾堆里扒出一个桶般大小的唐恩都乐超大冰咖啡纸杯，把吉赛尔的杰作铲起来，放在已经满溢出来的垃圾箱上。一收拾完她就给我发信息说："我的天哪！吉赛尔大便了！真要命！好大的一坨！"我回复她两个表情符号，一个"大便"加一个"五彩纸屑"。我俩甚至想，这感觉，大概就跟得知自己曾经蹒跚学步的宝贝儿成了诺贝尔奖得主时的感觉差不多吧。

时代广场又被称为"世界的十字路口"，原因之一是每天从这里走过的行人有 30 万之多，每走一步都能看到不同类型的人。我和吉赛尔生活在这些人中间，生活在一个既像拉斯维加斯又像迪士尼乐园的地方。有时觉得我们是一脚踩空跌进了深井，醒来后发现自己置身于这样一个充斥着出租车喇叭声和电钻声、到处都是熙熙攘攘人群的地方。有意思的是，《魔法奇缘》中的女主角——吉赛尔的名字就是仿照她的名字而起——

确实有这样的经历。天真无邪的吉赛尔公主（艾米·亚当斯饰）被邪恶的女王推进无底的泉眼，从此远离了她完美的童话世界，被困在了残酷的现实生活中。故事中，她穿越到的地方正是时代广场。

我很快就理解了人们为什么说纽约是一片丛林，那是因为丛林里聚集着最奇异最珍贵的生物。由于吉赛尔，我认识了许多这样的"生物"。我最喜欢的一位是我们幽默风趣的广告传单派发员朋友，他戴着钻石绅士俱乐部的标志，一般都站在43街和第八大道交叉的那个街角。他50来岁，戴眼镜，头发总是竖着，就好像他特别热衷于做电学实验似的。每次碰到，我们的对话差不多是这样："噢哦，嗨，吉赛尔！你好啊！"虽然都是在他忙着的时候，但他没有一次不问候吉赛尔的。他会兴奋地朝我们招手，我们也会在他身边逗留片刻，次次如此。他凑近身子摸摸吉赛尔，镜片后面的眼睛显得很大，吉赛尔也礼貌地摇摇尾巴。"你好哇，吉赛尔？姑娘们，你们怎么样？""我们都好。"我说，也是代吉赛尔回答，"您好吗？"

"嗯，我也好……免费脱衣舞娘！膝上脱衣舞！……"聊天中间，他还要时不时吆喝一声，挥着手里的宣传单。

"……生活还不错。不过就是工作、付账……裸体女郎！时髦女郎！"有人伸手拽走了一张宣传单，上面印着卡戴珊那种类型的半裸的大胸女郎。他很快又拿出另一张补上。

"姑娘们是要去公园吧？"

"对，我们去那儿走走跑跑，呼吸点儿新鲜空气。"

"脱衣舞娘！来自外国的脱衣舞娘！……太好了！我也喜欢新鲜空气。"

我笑着点点头。

"好了，姑娘们，快去吧，晚上玩得愉快！希望明天再见到你们。再见，吉赛尔……脱衣舞娘！热辣的性感女郎！"

我们对彼此并不了解，互相连名字都不知道。对纽约人来说，冒昧地询问个人信息会打破他们之间默认的一种行为准则。但他知道吉赛尔的名字。我们几乎每天都聊上几句，他会很有分寸地摸摸吉赛尔的头。吉赛尔很喜欢他，有时他拨弄它的耳朵，它还会信任地把下巴放在他膝盖上。我也同样喜欢他。要是没有吉赛尔，我想我也不可能和他搭话聊天。而且通过这件事，我觉得可以考虑把吉赛尔恐惧清单中"陌生人"这一项正式划掉了。

还有一次特别喜欢的交流是和一个年轻人，我们在第八大道上的喜客鲜客快餐店 ① 外面不小心撞了他一下。他长得很像演员约翰·坎迪，穿着一件歌剧魅影印花的黑色 T 恤，外面套着件图案艳丽的夏威夷衬衫，没有系扣。他没有马上找合适的词称呼吉赛尔，而是带着好奇的神情端详了它一会儿，然后才说："好吧。你好啊，大狗狗！"（我们立即就喜欢上了他。）

他看了看我，问道："我可以摸一下你的狗吗？"

"当然可以。"我走近了一些。

听我这么说，他激动地把手攥成了拳头。他弯下腰摸了摸吉赛尔的头，又用很温柔的眼神看着它。

他问："狗狗叫什么名字？"

"吉赛尔。"我笑着告诉他。

他无声地张大了嘴，然后说："噢，我的天哪！吉赛尔？《魔法奇缘》中的？"他每惊叹一下，声音就提高几分。我微笑着说："嗯，是的！你知道这电影？好多人可都不知道。"

他拍了拍手表示同意。

"天哪！姑娘，我知道这电影。"

① 喜客鲜客快餐店，英文为 Shake Shack，是近年来在美国很受欢迎的一家快餐店，主要供应汉堡、薯条、奶昔等，其特点是用料新鲜健康、现点现做，所以等候的顾客常在店门口排起长队。Shake Shack 从一个在麦迪逊公园售卖热狗的小摊发展起来，目前已经是上市公司，也开有多家分店。Shake Shack 没有正式的中文译名，被人使用较多的中译是"奶昔小站"。本书译者在此将其音译为"喜客鲜客快餐店"。

接下来发生的简直就是电影片段重现。他对吉赛尔行了一个屈膝礼，是姿态优美、芭蕾舞式的屈膝礼，然后就唱起了《魔法奇缘》中由主演艾米·亚当斯演唱的那首《快乐劳动歌》。在这多数人行色匆匆的人行道上，他快乐地旋转舞动着。只是路过的人都只顾着看吉赛尔，却忽略了这位唱着迪士尼歌曲的舞蹈大师。我和着他歌声的节奏摇着吉赛尔的牵引绳，心想，眼前这样的情景只可能发生在纽约。我觉得我和吉赛尔都是《魔法奇缘》中的一员，我们掉进了泉眼，随着漩流来到了一片奇异而精彩的土地，而这片土地上，就有像他这样的人。

虽然吉赛尔一直表现得像是土生土长在纽约的狗狗，我还是很想知道它对自己的新生活有何感觉。它在这里舒适吗？有没有觉得格格不入？尽管它看起来总是很愉快，但仍然有一些东西使它害怕，比如公共汽车。它一直都没有克服这种恐惧。每次看到M20公交车呜隆呜隆沿着第八大道驶来，它都吓得缩起身子慢慢向后退。等车一停，气闸发出巨大的"咔哧哧哧"声，它就会直接冲向旁边的某幢建筑，把巨大的身躯紧紧贴在墙上，连带着我也跟它猛跑。直到今天我听到公交车的气闸声时还会想起吉赛尔而心生难过。"这没关系的，宝贝儿，别害怕！"我总是轻声安慰它，抚摩着它的耳朵让它平静，等它摆脱了恐惧我们再继续前行。

我们住的这个社区有时也让我觉得恐慌。附近有一个叫"时代鬼场"的地方,一年到头都闹鬼,在纽约城也算独一无二了。所以,推着热狗车横冲直撞的小伙子其实没什么可怕,成千上万只盯着单反相机不看路的游客也没什么,兜售 CD 的街头艺术家、追着要"自由拥抱"的年轻人,甚至咒骂我和吉赛尔的人都没什么——最可怕的,是那些打扮成僵尸样的人。他们在街上游荡,脸上涂画着血淋淋的伤口和被咬后的牙印,对游客又是低吼又是哼哼,为那座鬼屋做宣传。对比我和吉赛尔长大的地方——纳什维尔的郊区,总是那么安静,鹿啊野火鸡啊这样的小动物经常来家里的后院吃草——时代广场社区真是一个有趣但有时又让人害怕的新环境。

我们经常穿过 43 街到哈德逊河边呼吸新鲜空气,旁边有一个小型的狗狗公园,也就几个停车位那么大,用一圈栅栏围起来。我喜欢趴在河边的栏杆上探身向河上张望。那种泥土味、咸味、垃圾味与河水味混合在一起的味道扑鼻而来,让我意识到自己正生活在一个岛上。但我不太确定的是,我们到底是被困在这个岛上,就像狗狗公园里的狗狗,还是正在这个"梦想之城"里茁壮成长,带着唾手可得的全世界:脱衣舞女、僵尸人以及介于这两者间的所有东西?

一个朋友曾跟我说，纽约是一座也是唯一的一座不用出城就可以纵览全世界的城市。我希望她的话是真的，因为我和吉赛尔准备留在这儿，尽管我们没有车，很惹眼，还有些古怪。我们熟悉的另一个家在数百英里之外的田纳西。现在我们长大了，用我的名字第一次租了公寓，也有了账单要独自支付。

我注视着正从哈德逊河上空经过的飞机，想象着自己就坐在飞机上。我想要更多新奇的体验，我想到处旅行。但我不能，因为我已经给自己签署了"责任书"——虽然整天忙碌，但要努力照顾好狗狗；找一份正式工作；支付房租；开始401（K）计划①（随便它是什么）。大学生活和旅行已经都过去了。现在和将来，我要老老实实地待在曼哈顿这座离奇之岛上，当然，是带着这只总被人们误以为是古卓或者哥斯拉的狗狗一起。不管我有多想逃避现实，我也会坚持。而且，想想办法的话，也许我们可以获得短暂的清静和解脱。毕竟对一个女孩来说，有一只被人们叫作古卓的大狗有很多便利之处。

我们的逃避现实行动开始于夜间的中央公园。如果没有我的"恐龙"陪着，我可能从来都不会想到去那儿。我们顺着第八大道

---

① 401（K）计划，始于20世纪80年代初，是一种由雇员、雇主共同缴费建立起来的完全基金式的养老保险制度。本书作者作为刚开始工作的年轻人，应该并不清楚到底何为401（K）计划。

一阵猛跑，引得酒吧里、饭店里的顾客都纷纷向外看，就好像我们是电影《马达加斯加》里的演员，正在表演逃离动物园这场戏。两个纽约城的不合群者飞奔而过时，99美分比萨店的厨师惊讶得忘了干活儿，呆呆地把面团捏在手里，喜客鲜客快餐店的顾客们则动作整齐划一地扭头看向窗外。我们迅捷地穿过下班的车流，比任何人速度都快，又闯进一群穿着职业装的人潮当中，人们会忙不迭地把路让开。我们是在执行"任务"：把混凝土世界和摩天大楼抛在身后！

等我们穿过哥伦布圆环广场到达公园绿地，我会像以前在大学时那样，看着吉赛尔对它说："准备好了吗？我们到了！这儿有草！看这些草！"我解下牵引绳，我们就向公园深处跑去。我的双脚轻轻踩在草上，发出"唰唰"的声音，吉赛尔则用爪子刨刨地，高兴地打个滚儿。尽管这里比不上田纳西的大雾山安静，但当我听见我的双脚和吉赛尔的脚爪落在泥土地上发出的声音时，还是觉得那么舒适那么自在。

我们在树林里和人行道上慢跑，有时候也一路慢慢溜达到文学大道。我喜欢一边漫步在文学大道上一边仰头望着明亮的天空。我想：我居然在中央公园！这样的夜晚！和吉赛尔一起！仅凭这一点，就足以抵消我对搬来曼哈顿而产生的种种担忧。晚上在公园里，有温顺的大狗陪伴，我一点儿都不害怕。它已经长到我臀部那么高，胸膛宽阔，步伐矫健有力。陌生人绝对不会想到我这只脑袋和篮球大小差不多的狗狗其实十分害怕篮球。不过对我来说，吉赛尔的作用远胜过一位保镖。我 23 岁了，对未来仍然心存迷惘，但每次和吉赛尔一起从公园的这头跑向那头时，我都变得无忧无虑。我知道，只要有它在，我就不会孤单。

白天的中央公园属于数百万其他纽约人，但到了晚上它就变成我们的了。我们经常去毕士达喷泉旁边的大通道，晚上那儿很安静，拱门里灯光明亮，看起来金碧辉煌的。一次在里面遇到一位女士，她穿着长长的礼服，正在演唱普契尼的歌剧，我和吉赛尔便席地而坐，观看了一场专属于我们的演出。还有一次是位戴着大礼帽的小提琴家，他让我们随意点歌。"鲍勃·迪伦！""埃尔维斯！""贾斯汀·汀布莱克！""狮子王！"我们点了一首又一首。

回家的路上，我会像位观光客似的，不时地抬头看天。通常我们会在布莱恩公园旁边的纽约公共图书馆停一会儿。大门前的台阶上空无一人，我把吉赛尔的牵引绳摘下来，让它自由地跑上跑下。它开心地这儿闻闻那儿嗅嗅，直到跑累了，就找个地方卧下，屁股放在上一层台阶，爪子放在下一层台阶。我坐到它身边，一只胳膊搂住它，头靠在它肩背上，就好像它是人类，而这台阶，是摆在我们家前院的长凳。某种程度上，这儿确实相当于我们的前院。

但我们最喜欢的那个世外桃源其实近在咫尺，甚至不需要穿鞋或者走出公寓楼——没错，就是 RIO 的楼顶。等夜幕降临，我们就爬五道楼梯偷偷溜上去。我把楼顶那扇已经破烂的门踢开，尽管门上写着"禁止登上楼顶"，我们还是抬脚跨过门槛。啊！新鲜空气顿时扑面而来。楼顶板稍有一些坡度，呈浅浅的 U 形，上面有防水胶带修补过的痕迹，还散布着一些没用的电线，下雨的时候排水不畅会形成一个又一个的水坑……但我们还是喜欢这里，因为能欣赏到城市璀璨的灯光。我会戴上耳塞先做些芭蕾舞的热身活动，接着就正式开跳。反正也没有观众（希望没被其他人看到），我一连串地做着帕德布雷舞步——跳跃—旋转，洒脱得像是在城市中心剧院的舞台上。吉赛尔卧在那儿看着我，在我轻弹脚尖冲它行屈膝礼时，它会礼貌地用尾巴拍打着楼顶作为回应。

在楼顶上，除了吉赛尔，没有谁会饶有兴致地看着我。它盯着我跳动旋转，就好像它甘愿献出一辈子的狗狗零食去换得一张我演出时的前排票，而且在它眼里这演出就是奥斯卡级别的。我觉得，有时它看我的眼神，像在说它爱我胜过全世界，而有时它看我的眼神，则在说我就是它的全世界。

06
入职 Gap

　　在纽约有一件事是躲不开的：生活成本太高了！我算勉强达到了最低标准：我在酒吧当领位员，等接受完培训就可以当服务员。我像大部分在纽约的年轻人一样能省则省：没有有线电视，不在外面就餐，不去健身房锻炼……我唯一的娱乐活动就是带着狗狗到处闲逛。不过在纽约城养一只狗，特别是像吉赛尔这样的大型犬，本身就是件特别奢侈的事。它每个月的食品开销比我都大，它三天两头地光顾兽医——眼睛感染、尿路感染，不是这儿就是那儿小毛病不断，它得定期做防虫驱虫——心丝虫、跳蚤、壁虱，它需要遛狗服务、清理耳屎、注射疫苗，等等。而且，由于它体形巨大，它账单上花的费用也总比别的狗狗高。我不得不动用多方资源，打出"吉赛尔毕竟是咱们家狗狗……"的感情牌，主要靠爸爸妈妈出钱养活吉赛尔。同时我也在拼命寻找正式工作，以便能早日和父母分担这笔费用。

正如许多二十几岁满怀热望来到纽约的年轻人一样，我也是带着大大的梦想而来，但我没什么积蓄，也没什么熟人。我只知道如果想从这个"大苹果 ①"上咬到一口，我就必须为它努力工作。尽管我在职业方面没有很多优势，曾经的工作"经历"也几乎不值一提——在爸爸办公室做过实习生，在凉泉购物中心拖鞋部做过收银员，在红宝石星期二餐厅做过服务员——可我还是想找一份办公室工作，在这样的工作中我才能发挥自己的创造力，才能为自己感兴趣的项目大干一场。（我知道——我是千禧一代 ② 嘛。）

我做领位员的这家酒吧是在上西区，供应的菜品很杂，有日式寿司、墨西哥式法士达烤肉卷、汉堡、春蔬意大利面等。从这儿下班后，一般我还会再去 Hi-Life 酒吧烧烤店当一轮班，之后才回家、洗澡、上床睡觉。但我很难一下子进入甜蜜梦乡，而是想起爸爸以前常对我说的"坚持下去，继续努力"以及吉米屡次

---

① 纽约市的别称是"Big Apple"——大苹果。
② 千禧一代（Millennials），目前比较公认的说法是指 1984—2000 年间出生的人。本书作者属于千禧一代。

断定的"肯定会有公司录用你，放心！"。我干脆坐起来，打开笔记本电脑，把脚指头伸到吉赛尔肚子下面，开始搜索招聘信息。我知道，只有一种方式可以展示出劳伦的才华，证明她就是纽约城那个上好职位的最佳人选，也只有一种方式可以让我有机会穿上高跟鞋——我常把吉米的借来穿——迈进中城①那些亮闪闪的高楼大厦，那就是：写一份简历！一份我能在曼哈顿某处获得工作的黄金通行证！

夜间，在公寓里能隐约听到时代广场传来的汽车喇叭声。如何才能让我的人生经历听起来比实际的更有价值呢？我苦思冥想着，手指从键盘这边划拉到那边。我看见吉赛尔正趴在我脚上，随即拍了拍床，示意它到我身边来。它挪动身子肚皮贴着床慢慢爬过来，把鼻子搁在电脑边沿。我坐着，摸摸它的脸又摸摸它柔软光滑的耳朵。我知道我到底需要什么了。行话！我需要一些流行的行话！比如：

卓越的沟通能力。好吧，这一条千真万确。我最好的朋友不是人类，但我仍能与它有效地进行交流。

难题终结者。我确实带着一只和 Mini Cooper（迷你库珀）汽

---

① 中城是位于美国纽约曼哈顿的一个区域，为曼哈顿岛最拥挤、最繁华的地区，也是世界上摩天大楼密度最高的地区，有洛克菲勒中心、无线电广播城音乐大厅以及帝国大厦等世界知名的办公大楼。

车大小差不多的狗狗住在曼哈顿！您来算算看。

善于筹划的"战略家"、具有团队合作精神。养育吉赛尔需要不断与吉米协调遛狗时间，还需要和一群可靠的免费"临时保姆"打交道。

出色的公众演讲能力。我多次在时代广场面对大群游客发表演讲，比如"它叫吉赛尔，体重大约 160 磅；对，差不多相当于 75 公斤；没错，它的皮毛是棕色斑纹；不，不，先生，您不能骑它；是，英国马士提夫大獒；不对，它不是意大利卡斯罗犬；不，也不是吉娃娃；（哈哈）可以，您可以拍照……"

接着我表示自己能熟练使用 Excel 和 Photoshop，做事井井有条，注重细节，一丝不苟。就用这样一份简历，我开始申请几乎所有曼哈顿正在招聘的初级职位，万分期望着我能找到一份工作。

我的梦想是做一名旅游记者。我还想创办自己的 T 恤公司，成立一个大型犬非营利组织，开一家名为"碳水化合物等你来（Carbs You Dip in Stuff）"的餐馆。但我并不知道如何着手这些事情，我只清楚自己的房租是多少。所以，目前我暂且把期望降低，先集中精力找一份稳定的、有一定发展机会的工作，尽管有时候我都不敢想自己会成长为什么样的人。我这个家中老二常常觉得自己就是个无能、浮躁、优柔寡断、好高骛远的孩子。我又困惑又迷茫，十分害怕长大，希望自己能永远蹦蹦跳跳而不是老老实实地过安稳生活。

但我最终藏起这些恐惧，决心找一份工作，就像吉赛尔决心得到一片一美元比萨时那样。如果我手里恰好有一片的话，它会充满渴望、无比坚定地盯着比萨，似乎只要它盯的时间足够长，这块比萨就会奇迹般地归它所有。我想在曼哈顿得到一份工作，这工作应该是重要的、有趣的、引人注目的，公司餐厅提供免费的意大利圣培露矿泉水，接待处备有糖果，有收发室，入口处有安全检查，员工都佩戴着有自己照片的胸章，站在办公室窗口可以看到帝国大厦！我也想穿铅笔裙！所以我绝对不放弃，绝对不左顾右盼，一秒钟都不会！直到我最终如愿以偿！从那之后，除了在酒吧当班，我把其他时间都花在了找工作上。我必须承认，这样的生活其实不算糟糕。整个白天我都可以和吉赛尔待在一起。有时我们会好好休息一下，比如在某个星期二下午闲逛到中央公园去。有时我会带上笔记本电脑去布莱恩公园，坐在像华盖一样的树冠下写求职信，我的马士提夫狗狗就卧在脚边。

我坚持不懈地投送简历，终于有一些工作找上门来。我为洗碗机和汽车轮胎撰写过文章，为某个短期工作介绍所整理并归档过看起来好似象形文字的文件。一个星期后我又去西村区给一位颇有知名度的娱乐业律师做帮手，在我接电话时他突然回头盯着我问："这是你的真声吗？"（顺便提一句，我的声音仍然和妈妈的一样，又高又尖。）我还在 SOHO 商业区的时装展示间和中城的接待前台打过零工。我不断地参加面试，又不断地被拒绝。我暗自想：有这样一副讨厌的嗓音，没有谁会真正把我当回事。我把分类广告网站 Craigslist 上所有的文字工作都申请了一遍，但看起来不管是我的笔，还是我的品质，抑或是这么多年来我一直依赖的其他技能，都不能帮助我谋到一份职业。

我开始觉得自己一无是处。但我没有颓废，我仍然渴望过充实、有价值的生活，一刻都不舍得浪费。每次和吉米一起出去喝醉而后在睡梦中度过星期六时，我都有一种负罪感。可选择待在家里，我又觉得二十几岁的年轻人不去享受纽约城的夜生活，对自己无疑是一种亏欠。我左右为难，矛盾重重。其实我想要的很简单，我希望能活在当下，而且能确认我恰好就在最适合自己的城市，不过大部分时间我都在患得患失，心心念念的总是那些我去不了的地方。

和吉赛尔一起夜游中央公园是我特别喜欢的休息方式。每次走过哥伦布圆环广场到了树木茂密的地方，我就摘掉吉赛尔的牵引绳，一时间我们就像跳出围栏摆脱了束缚，吉赛尔开始奔跑，我紧随其后。我们掠过一根根灯柱冲进林间，把城市的喧嚣远远地抛在身后。

我想要一定强度的锻炼，但又不想带着吉赛尔跑得筋疲力尽，于是发明了一种"马士提夫跑步法"，训练规则是我高抬腿跑步，抬到越高越好，吉赛尔在我旁边以散步的速度即可跟上。这种跑步风格并不是特别好的锻炼方式，但很适合夜间没有什么游客的公园。

有时我们也会放开了奔跑。速度很快。"快，宝贝儿，快！跑！跑！跑！"我冲吉赛尔喊道，我们全速跑过靠近 59 街的那块草坪。跑步的时候，我感觉自己变得强大，生活变得简单。不需要做什么决定：唯一要做的就是双脚交替迈步，头也不回地一直向前。这时很容易集中注意力，只专注于一件事。为了保持这种专注，我不断地在愿望清单上增增补补，努力规划着自己的生活。

我列出了很多愿望，投送了很多简历，在面试、打零工、努力"坚持"中度过了几个月。终于有一天晚上，我正和吉赛尔坐在沙发床上寻找更多的工作机会（换句话说，是暗中关注 Instagram 上那些有工作且生活比我强上百倍的人），一封邮件出现在我的收件箱里。邮件来自时尚公关主任德里克，我曾在他办公室做过临时工，两三周前还参加了他那儿的面试。

"吉米!"我激动地大声喊道。她正在淋浴。我更大声地喊着吉米的名字,从沙发床上一跃而起,抱着笔记本电脑冲进了雾气腾腾的浴室。吉赛尔跟在我后面,也想挤进去。我一下子扯开浴帘,喊道:"吉米!"

"嗯?"她答应着,把眼睛上的肥皂泡抹掉,一点儿也不惊讶于我在她洗澡时闯进来。无论什么样的状况她都能坦然面对。

"吉米!我有工作了!"

"真的?你有工作了?"她脸上闪耀着喜悦的光彩。

"真的!工作!一份正式工作!"

她关掉水,从淋浴区跳出来,裹上浴巾,举起手来和我连连击掌。吉赛尔见此也兴奋起来,它一边舔着地上的水一边摇动尾巴敲打着门框。它慢慢向前挪,一心想溜进去。吉米问我:"快告诉我!快说!是什么工作?"

我的第一份正式工作就是在我想象的那种办公室里:极简主义的陈设、颇具现代感的冷光照明、水泥地板、白色饰边、流线型的走廊里随意摆放着挂满衣服的架子……从办公室朝南的落地窗能看到高大的自由塔,北面则朝向另一半曼哈顿并俯瞰着特里贝卡区。这里甚至有一个自助餐厅,供应的甘蓝菜和烤芝士都不算贵!我终于有了一个头衔以及固定的电子邮件落款。

劳伦·弗恩·瓦特

Gap 公共关系部

公关助理，北美区，时尚公关

托马斯大街 55 号，14 层

　　这就是我的第一份全职工作，在全世界知名的服饰公司 Gap
做公关助理。第一天上班，我就拿到了有自己照片的胸章。成功！
我乘上装备有电视的电梯一路到了 14 层。成功！我向窗外看了看
帝国大厦，然后在模特拍照期间，我一边听着嘻哈音乐一边用蒸
汽熨斗处理着挂架上的衣服。成功！之后我被带到自己的办公室。
房门旁边挂着一个牌子，我希望上面写着"劳伦·弗恩·瓦特，
公关助理"，但并非如此，上面写的是"储物间"。

　　我并不介意在储物间办公。这房间面积很大，堆满了箱子和
挂着衣服的架子，里面有一张办公桌、一台过时的戴尔笔记本电
脑和一块布告板，我在布告板上贴了一张吉赛尔的照片。令人想
不到的是，墙上居然还有一面窗户，正对着另一幢建筑的外墙。
要我说，这就是纽约风格的彩绘玻璃窗，非常独特。屋里还有成
堆的鞋、许多带滚轮的挂架，上面随意挂着格子衬衫、派克大衣、

厚厚的针织毛衣、马甲，等等。并没有什么规律。整个房间凌乱不堪，就好像某个参加黑色星期五大抢购的顾客将 Gap 专卖店翻了个底朝天，然后又把各种商品一股脑儿地运来堆放在这里。

我的上司德里克是个天生做时尚公关的人。他经常穿着件 Gap1969 系列的牛仔夹克，领着一群设计师和主编，昂首阔步地在储物间进进出出，一会儿拽走几个人造皮革的手提斜挎两用包，为"50 件 50 美元以下的节日礼物"主题做准备，一会儿又拿走数件法兰绒衬衫，为"返校季格纹"主题做准备。大多数时候他们不需要我做什么，这不禁让我觉得自己可有可无。但他们确实需要我帮忙的时候，我的表现反而更糟糕了。每次德里克找我要什么东西，我都紧张得脸颊发热，说话也语无伦次起来："对！学院风的休闲西服！GQ①！呃……呃……可能是！带徽标 G 的拼接款飞行夹克？"

没过多久我就发现，我的工作重点其实就是想出一些新办法，如何才能把 87 个装满牛仔服装的大箱子放进原本已经堆摆了 87 个大箱子的储物间里，并且拆箱把里面的衣物取出。这任务有时

---

① GQ，此处指的是 *Gentlemen's Quarterly* 杂志，该杂志由康泰纳仕期刊出版集团（Condé Nast Publications Inc）主办，内容主要为男性时尚、风格、文化，也包括美食、电影、健身、性、音乐、旅游、运动、科技、书籍等方面的文章。GQ 已成为全球男士时尚代名词。其中国版本为《智族 GQ》，于 2009 年创刊。

让我想到吉赛尔，因为每天早晨它都想挤进我们那间小巧紧凑的洗手间，加入我和吉米，全然不顾单我和吉米两人在里面就已经肩膀碰肩膀了。在我和吉米一起并排照镜子时，它会慢慢钻到我们腿后面，把下巴搁在浴缸边沿。而我们则被它挤得快要趴在洗脸池上。最后我们顾不上收拾放在马桶上的吹风机，以及洗脸盆里的睫毛膏，直接抬腿跨过这只和设得兰矮种马大小差不多的狗狗离开洗手间。这场景确实令人印象深刻！吉赛尔总是能巧妙地让自己容身于十分狭窄的空间。当我坐在储物间里，几乎被一大堆箱子埋住的时候，我真希望吉赛尔能跑来看看，向我展示一下它是如何利用"让原本装不下的东西装下"这种技巧把这些箱子安排妥帖的。

我天生就不擅长整理收纳，但这个常被称作"大苹果"的城市似乎在说：好吧，你想大干一场，不是吗？想爬上事业的阶梯步步晋升吗？嗯，好，那麻烦你先从箱子堆里爬出来好吗？大部分工作日都有太多需要拆封的箱子，我想了一个办法：把一些来不及打开的箱子先推到储物间最里面，把箱子上的标签换掉，让新到的货样看起来像是旧的。下班时我常常垂头丧气，觉得自己就是个无名小卒。我希望自己能看清目前的生活状态，也希望自己能做更有意义的事情。

　　既要照顾狗狗，又要朝九晚五地工作，是我面临的又一个挑战。每天晚上我都暗下决心：好啦，明天我一定起个大早，先带吉赛尔去中央公园，解开牵引绳让它自由一会儿，然后我可以读读写写，沉思默想，再然后回家梳好头发赶去上班。但第二天转眼就来了，我被吉米扔在脸上的枕头砸醒，只听她在门厅里大声嚷嚷道："吉赛尔我已经遛过了。快起床！你要迟到了！"

　　也有些早上我确实能按时醒来，闹钟就在离床最远的一个屋角嗡嗡作响，我故意把它放在那儿的，因为要想止闹的话必须得先下床，但通常我的第一反应是拒绝下床。没错，我其实根本不需要在上班前还挤时间去遛狗。我不必出门走到乱糟糟的时代广场，不必在众人的围观下捡起一大坨还冒着热气的狗屎，不必找合适的衣服，也不必匆匆跳上 A 线地铁在 9 点前赶到公司。到底是什么让我觉得这份工作是我想做的？毫无疑问，是命运和我开了个残忍的玩笑。

　　但吉赛尔是属于我的，我得对它负责。总是偷懒不去遛狗，赖在床上长时间不想起来，我不禁想到常常逃避责任的妈妈。我很害怕变成和妈妈一样的人，所以即便是打个小盹儿或者闲躺着看看电视，我都为自己的懒散感到惭愧。我努力地改善着，尽量减少早上"止闹－小睡－止闹－小睡"的次数，起床后遛完吉赛尔，再赶去上班，准时到达工作岗位。不久我就发现，如果我和吉赛尔醒得早，我们就能在6点钟左右跑步去时代广场。清晨的街道上几乎没有行人，正在升起的太阳使整片地区沐浴在粉色的光影中。地上没有乱扔的百老汇宣传单和垃圾，广场上也没有假扮的卡通人物和穿着绿马甲售卖观光车车票的小伙子，只有几位忙碌的清洁工，"早安美国①"演播大楼的外面还有几个手里拿着咖啡的人，他们依偎在一起，脸上带着微笑，看起来是一家人。这一切都让人觉得美妙无比！

但有一种情况一点儿都不美妙，那就是雨天。碰到下雨的早晨，吉赛尔就很不情愿走远。我们只好围着公寓所在的街区绕圈。"来吧，宝贝儿！为了妈妈，赶快大解吧！"我对吉赛尔好言哄劝道。但吉赛尔走走停停，每！一！棵！树！都要闻闻嗅嗅！我抖抖牵引绳，它会站住一两秒不动，我刚觉得有点儿希望，它又迈步走向下一棵树了。无奈之下，我开始警告它："吉赛尔！我要迟到了！"我举着我那把从杂货铺买来已经破破烂烂的伞，几乎挡不住什么雨。我问它："宝贝儿，这些地方都不合适吗？难道你想让我给你种一片玫瑰花丛？是吗，公主？"

① "早安美国"（Good Morning America）是美国广播公司（ABC）播出的一档早间新闻节目。

但它并不理会，仍然慢腾腾地从一棵树走到下一棵树。终于，我决定放弃了。（我想：今天它就打算憋着了。）我开始急匆匆返回公寓，走到第九大道时，我想赶在变灯前穿过马路，于是猛跑几步，吉赛尔跟在后面。我看着人行横道上交通灯的倒计时显示：7、6、5、4……

"快点儿，吉赛尔！我们得快跑，宝贝儿！"

就在这时，就在第九大道的正中间，我感觉到牵引绳被猛拉了一下，回头看时，只见吉赛尔后腿前屈，蹲伏在那儿一动一动，看向我的目光显得十分无奈……

3、2、1……

嘟嘟－嘀嘀－嗒嗒！汽车喇叭声响成一片！

对吉赛尔，除了满足它的基本需求比如外出遛遛外，我还因为一整天把它自己丢在家里而担心。每天上班前的一系列准备活动，吉赛尔几乎是全程参与的：跟着我去狭小的卫生间，要么把下巴搁在浴缸沿上等着我，要么舔地上的水；然后跟着我去厨房，而且不管什么时候我在厨房，它总是蹲在我脚边；之后再跟我回卧室，看着我找衣服试衣服，等我把否决掉的衬衫扔了一堆，它就四肢摊开舒舒服服地趴在上面；最后跟着我到大门口，我难过地和它道别："再见，宝贝儿。"它凝视着我，那张有着典型马士提夫犬特征的脸上，充满了绝望和悲哀，我觉得眼泪随时都能从它眼里滚落，而我的心中也是无比感伤。"你不能跟我去，宝贝儿！抱歉！"

我为它请了遛狗师，以备不时之需，它的医生也告诉过我马士提夫犬白天可以睡上八个小时之多。吉米经常遛它，她有时还会趁午休回家一趟。另外，兽医还说吉赛尔极有可能对这种我去上班而它懒洋洋趴在沙发上的生活挺满意的。但我仍然不放心。每天出门前我都给它备好超量的水和食物，把它所有的玩具都摆在沙发上，尤其会把那个红色绳结玩具放在它嘴里让它咬住，因为这是它最喜欢的一个。有时我和吉米会打开音响，给它播放摇滚乐队"海滩男孩"的歌曲，或者古典音乐，有一段时间甚至是意大利语课程，然后再匆匆出门去赶地铁。我跳上 A 线地铁，到特里贝卡站下车，乘电梯上楼，以冲刺速度跑进储物间，开始工作，开始不断地出错。

我本打算给编辑们送派克大衣，结果送去的却是休闲西装外套；我弄丢了非常重要的帆布鞋样品；我还经常追着德里克问他一些我早该知道的问题；我把要处理的 Excel 表格电邮发给吉米向她求助。（我为啥要在简历中说自己能熟练使用 Excel？）其中

最难忘的一次是我们要举办 #有短裤有生活① 大型活动那天。活动
是在晚上举办，但白天我们才发现准备的男友风短裤中一件 4 码
的都没有，于是我被指派去曼哈顿区所有的 Gap 门店收集 4 码的
短裤。"能收多少就收多少！"我的上司在电邮中命令道。我走了
一家门店又一家门店，最后一共找到了 90 件。带着这些短裤，我
奖励自己坐出租车返回公司。途中我很快就收到了上司的邮件，
他说："90 件？够了够了！"

爸爸常对我说："伙计，坚持坚持！你一定能做到的！"他的
声音总在我脑中回响。妈妈也给我很多帮助。她会问我："亲爱
的，你该剪头发了吧？你有没有钱？我来帮你付剪头发的钱！"或
者安慰我："不不不！你放心，你的老板不会杀了你的。只要保证
你还在做能让劳伦开心的事就行了。真为你感到骄傲，宝贝儿！"
带着他们的爱，我继续勇敢地前行。

在犯了足够多错误之后，我认识到自己并不是一个彻底的失
败者。我很擅长在合适的时候微笑；我学着运用智慧，说人们喜
欢听的话；我认真勤奋，让整理箱子的工作变容易了很多。不过
我仍然不确定做公关究竟适不适合我。我看到那些编辑整日急匆

---

① #有短裤有生活的英文原文为 Lifeisshorts，是模仿 Life is short 这一经典句
子。Lifeisshorts 是 Gap 公司曾经举办过的一次活动，参加者可以用颜料或油彩喷
涂自行在 Gap 短裤上进行设计。

匆地在储物间进进出出，看起来他们才是让纽约城了不起的关键
人物。我对自己能有份工作而心存感激，但置身于大苹果城和公
司之间，每天和这些个性十足、时髦新潮的重要人物在一起，我
又觉得那个在储物间的女孩是如此渺小。我不知道自己和吉赛尔
在这个城市要过怎样的生活，只有一点很明确：吉赛尔很引人
注目，而我却微不足道。对于未来，我唯一清楚的一件事是，如
果我决定要在大家都热衷于谈论的职场阶梯上勇敢攀登的话，我
至少还要在这个储物间里干上一年。再见吧，探险活动！我心中
暗想。我再也不去旅行了，我既没有那么多钱，也没有那么多时
间。以后除了从家到号称"世界十字路口"的时代广场，除了从
代表着全球知名品牌的 G 到另一个完全属于我的 G^①，我哪儿都不
会去了。

　　庆幸的是，吉赛尔的存在常常提醒我，即便纽约城会让人
觉得以自我为中心的观念理所应当，我也不是唯一重要的那个
人，储物间的工作也不是人生的全部。吉赛尔并不在乎我是否靠
拆封箱子挣钱谋生。每次我一迈进家门，它就从沙发上跳下来
（好吧，严格说不是"跳"，是前爪先着地，然后再慢——慢——

---

① 　此处的第一个 G 指作者工作的 Gap 公司，第二个 G 指的是她的狗狗，狗狗的
名字是 Gizelle。

慢——慢地挪动身体的后半部分），带着压抑不住的喜悦又是摇
尾巴又是抖身子，爪子敲在木地板上"嗒嗒"作响。吉赛尔让我
暂时忘掉了自己，也忘掉了工作，我只想着喂我的狗狗，因为它
需要我来喂它。

　　不一会儿吉米也就到家了。要是天气暖和，她通常会问："今
晚想给狗狗洗澡吗？"她边问边打开一瓶"两美元"葡萄酒[①]，缓解
一下一整天的疲劳。她在一家新兴的网络公司上班。我低头看看
吉赛尔，想着，我们很可能得洗一个澡，因为在纽约街头的"历
险"让它浑身上下都很脏。我和吉米各自套上一条最破最旧的短
裤，把咖啡壶、茶壶和搅拌机罐都拿到水槽处接满温水，然后我
们三个就排队向 RIO 后面的露台进发。我们大声唱着鲍比·达林
那首有名的《水花飞溅，我在洗澡》，手舞足蹈地给吉赛尔揉搓
出很多泡沫。吉赛尔对洗澡从不反感，一直老老实实站着，耐心
等我们给它洗完。不过有时候我和吉米唱得太过投入，就会爬上
"沼泽湾"沙发，在头顶挥舞着浴巾，又扭又跳，把还没最后洗完
的吉赛尔忘在了一边。这时吉赛尔会抓住机会抖抖身子，我们一
边喊着"把水抖掉，吉赛尔！把水抖掉，宝贝儿！"，一边躲闪着

---

① "两美元"葡萄酒（Two Buck Chuck）即 Charles Shaw 葡萄酒，因其一
瓶只售 1.99 美元而被广泛称为"两美元"葡萄酒。目前其售价已上涨为每瓶 2.99
美元。

从它皮毛上飞溅起的水花。

　　一回到这个和吉米以及吉赛尔共同拥有的家，我就感到安心和宽慰。我不禁想，也许在储物间工作的意义就是让我有经济能力去完成更重要的工作：比如给吉赛尔洗澡，看着它头上不断滴答水的样子笑话它又呆又傻；比如和最亲密的朋友在露台上唱歌跳舞；比如用温暖的浴巾把吉赛尔擦干，然后紧紧依偎着它，闻着它身上散发出来的混合着狗狗和浴液的味道。我经常有意识地提醒那个在储物间工作的女孩，别忘了在储物间外，她还有一份"活着、笑着、爱着"的工作。有些人把这几个听起来很俗气的词装饰在墙上，可能也有特别的原因吧？尽管我在工作上表现很糟糕，在纽约也只是一名再渺小不过的无名之辈，但这并不意味着我什么事情都做不好。也许我可以给自己写一份更有人情味的简历，其中不需要任何编造。我会这样写：劳伦·弗恩·瓦特，严重缺乏条理；不知道自己在做什么但仍然积极向上；"活着、笑着、爱着"准则的优秀执行人。

07
初识男友

一个朋友曾经对我说，在曼哈顿，如果你有工作、有狗狗、有公寓、有男友，那你就是成功人士了。以这个为标准的话，我已经有了其中的三项。

只差最后一项：男友！我和吉米曾经大胆地去附近的酒吧"明察暗访"过，但我们看到的要么是献身于工作的金融男，要么是游客，要么就是和我们一样想交男朋友的女孩，也碰到过性感的男生，但遗憾的是他们正和别的性感男生手牵着手。在 Gap 公司，那些男士也没有什么合适的机会认识我了解我，人行道上倒是有很多英俊的小伙子，但他们都脚步匆匆，从不停留。

有一次我和吉米确实碰到了两个很迷人的小伙子，那是在万圣节前后，当时我们刚到纽约不久。我们装扮成一对儿熊猫去了上西区一家叫"死亡诗社"的酒吧。在酒吧门口看到两个高大的威风凛凛的雄性北极熊站在那儿。我们就像动物园里非常般配的两对儿，这真是命运的安排！接下来的事我能够记得的（在喝了很多小杯的杰克丹尼烈酒之后）就是这四只熊挤进了一辆出租车，要求开往中城的 RIO。再之后，等我睡醒时发现北极熊已经离开了，我记不得他的名字，他也没有留下电话号码。但在我门上挂着的 Etch A Sketch 素描画板上，他写下了三个字母"Thx[①]"。难道在纽约，做一个单身女孩就这么艰难吗？

我当初来这个城市是为了寻找自己——不是男友——而且能和吉赛尔一起在这个城市探险，我已经很满足了。我喜欢独立自主，我觉得为了自己的幸福，做一个不依赖其他人（尤其是男性）的女孩特别重要。但随着日子一天天过去，我开始觉得有那么一点儿寂寞。在这个有着 800 万人口的城市，我认识的人其实没有几个。虽然我总是自豪于我不害怕单独出行、单独做事，自豪于我有吉赛尔所以不需要男朋友，但我仍旧是一个尽管失败了也热爱迪士尼童话故事的女孩。我愿意相信，总会有那么一天，我将神魂颠倒地爱上一个人，而他也一样爱我。我们互相学习，一起

———————————

① Thx 是 thanks 的缩写，意思是"谢谢"。

欢笑，没有他的生活将变得不可想象。（但……我不会向任何人承认我原来是这样一个人。）

嘿！女孩总会做梦，不是吗？但她也能付诸实践。如果说纽约教会了我什么的话，那无疑就是做事快速高效。我早就厌倦了酒吧里灯红酒绿的场面，更何况花费也相当不菲。当下看来，唯一能行得通的方案是，停止做梦，停止抱怨，不再认为网上约会只属于那些孤注一掷的人，马上行动起来——使用那些智商超群的硅谷"丘比特"发明的"解救"工具：Tinder[1]。

创建 Tinder 账户的第一步是选择一张照片，创建 Tinder 用户的最后一步还是选择一张照片。Tinder 丝毫不掩饰它的首要意图。除了在界面底部有一个白色的小方框供你输入大概相当于一条 Tweet（推特）长度[2]的个人描述抑或搞笑自黑，你需要做的就是上传几张照片，甚至可以是自拍照，所以使用起来非常简单。

一个星期四的晚上，我和吉米都在家。我俩穿着运动服，和吉赛尔一起懒洋洋地待在沙发上，埋头看着手机。"热爱跑步，喜

---

[1]　Tinder 是国外一款手机交友 APP，主要基于用户的地理位置向用户推送一定距离内的异性照片，互相感兴趣的用户可以建立联系。用户浏览照片时，如果不喜欢则在屏幕上向左滑动，如果喜欢则向右滑动。

[2]　一条 Tweet 的长度通常限制在 140 个英文字符以内。

欢到处旅游，来自纳什维尔，公关人士。目前和一只很大的狗狗住在曼哈顿。"我输入了以上文字，上传了一张和吉赛尔在一起的很夸张很抢眼的自拍照。我的想法是，如果一个男士不愿意接受巨型狗狗，那最好立即将他从推送中清理出去。我在吉米面前扬了扬手机，看她是否赞成我准备用作 Tinder 头像的照片。她连连说："耶，耶，当然可以！非常好！"但实际上她甚至都没有瞥一眼我的照片，她已经登录了 Tinder，手指正快速地在手机屏幕上滑过。这时吉赛尔把头靠在我一条大腿上，四肢伸得直直的，把我和吉米挤到了沙发的两边，我俩只好抬起腿来把双脚放在它身上。我也登录了 Tinder，半信半疑地浏览着在 RIO 方圆 25 英里内自称是单身小伙的用户们。

布鲁克斯，25 岁，摆着姿势和一只关在笼子里的老虎拍照？不不，我更喜欢正把嘴巴藏在我双膝之间貌似老虎的这只。

攥着拳头把嘴唇紧贴在一瓶灰雁伏特加上的凯文？看起来不是那种如果我按了止闹按钮继续贪睡而他可以跳下床去遛吉赛尔的类型。另外，我更喜欢波旁威士忌。

尼克，居然没有露脸？好吧，你的腹肌很棒，但你能不能在躯干上加一个头呢？

正在亲吻猫的马特？

我是说……我喜欢各种动物……但我的要求永远是"必须爱狗"。

我滑动屏幕开始只浏览照片上和狗狗在一起的男生，在他们中可能更容易发现目标。而且我想，如果我没什么希望找到合适的朋友，通过 Tinder 给吉赛尔找一个狗狗朋友也很有意思。想象一下，当吉赛尔和另一只在头像中出现的狗狗一起在公园散步的时候，它会露出什么样的表情呢？我滑动着屏幕，向左，向左，向左，向右，向左，一边笑一边用脚戳着吉米，把我认为特别滑稽的男生的照片举给她看。我觉得自己就像一个小女孩，在偷偷嘲笑这些为了获得关注而在屏幕上"决战"的小伙子。我忙着浏览照片的时候，一旁的吉赛尔发出一连串有规律的深长的呼气声。它吸气时没有声音，但呼气时的声音很深重很突兀，听起来就像《星球大战》中楚巴卡的呜咽声。如果它会翻白眼的话，我想它此刻一定会冲我翻一个。我轻轻拍了拍它的头，又继续埋头在屏幕上向左滑向右滑……

突然间，"配对成功！"这样一句话跳跃着出现在屏幕上，就像 PowerPoint 中的动画效果那么优雅。我努力回想刚才浏览的那些人中谁是"康纳，27"。他的头像上没有狗狗，但我并没有排除他。我凑近手机想看得更清楚些。我们都有蹦极的照片，如果他的照片没有过度修图换背景的话，他应该也在秘鲁的马丘比丘徒步旅行过。

当我的头像——和吉赛尔在一起的那张，与康纳的头像并排显示的时候，屏幕似乎突然变得熠熠生辉起来。我们看起来都非常可爱。几秒钟后，屏幕上显示他正在输入。

"狗狗真可爱，"他写道，"它叫什么名字？"

"吉赛尔。"

"很好听的名字。"

就这样，我的第一个 Tinder 联系人出现了。

我们交换了电话号码，开始互发消息。我发给他那张吉赛尔在 RIO 楼顶的照片，他发给我一张比特斗牛杂交犬的照片，是他大学期间养的狗狗，名字叫金刚狼，金刚狼身上套着件密歇根大学的圆领运动衫。接着他又发来他父母养的狗狗，三只毛茸茸的黑白色蝴蝶犬，都是反颌，也都是密歇根大学的装束。到目前为止，我们聊得都很愉快！但随后他发来一张头等舱候机室某种高档瓶装葡萄酒的图片，还说他就是在那儿撞见了影星乔治·克鲁尼。这在我听来有点儿炫耀的意思，但是算了，无所谓。康纳在大学期间是橄榄球队员，曾在悉尼学习过一年，目前在一家壮大中的技术新兴公司工作。他还利用业余时间学习做侍酒师，觉得这一行很有趣。最后我们决定见面。

正值春季，布莱恩公园里生机盎然。冬季可以溜冰的池塘已经融化，那一大片绿草坪又被附近的商务人士当作了餐桌，他们平时没有机会亲近大自然，此刻就坐在草地上享用他们从 Chopt 餐馆带出来的沙拉。鸽子们小脑袋一点一点的，在喷泉边洗着它们的羽毛，大水泥花盆里的粉色郁金香已经冒出了小芽，旋转木马正和着法国卡巴莱音乐一圈又一圈地转着。

我比约定的时间晚了 12 分钟，远远看见他盘腿坐在一把绿色的大伞下，伞上面是更大一片如华盖似的树冠。离他稍远一点儿的地方，有一群穿着黑色西装的金融人士，把布莱恩公园烧烤店外面的吧台围得严严实实。他手里拿着黑莓手机，正在等我。

我紧张得心突突直跳，就好像公园的鸽子住到了我身体里似的。我朝他走过去，一直不敢抬头，暗自祈祷他能先认出我来，这样我就不用单独走完到他身边的这点儿路程。我看了一眼手机，满心希望这时有人找我，但实际上我自己也知道可能会给我发消息的人少得可怜，一只手就能数得过来。

我感觉康纳看到了我，脸颊开始发烫。我强迫自己抬起头，我们的目光相遇了。他微笑着站起来。现在已没有回头路。我把手机放进上衣兜里，冲他挥了挥手，然后我们慢慢走近彼此。他比我想象的更高一些，穿着一件领尖上带扣的浅蓝色衬衫，这让他的胸膛显得很宽阔。有那么片刻我突然想不起来在 RIO 和吉赛尔拥抱告别后我是否整理过头发。我迅速用手指梳了一下有些打结的金发，把发尾都撩到肩膀一侧，让另一侧肩膀完全露出来，觉得这样能让自己显得更迷人。我暗暗给自己打气：别忘了，劳伦，你可是个酷女孩！保持自然，做你自己就好！哦，不过别忘了压低声音！对，斯嘉丽^①的声音多性感。你现在就是她。

"嗨，你好！"我用低哑的嗓音问候道。我们伸出一只胳膊象征性地拥抱了一下。真该死！太高了，劳伦，太高了！压低声音，压低！"真高兴终于见到你了！"我大声说。哦！不！热情过度了。斯嘉丽从来不会这样说话。后来康纳对我说，他刚听到我的声音时有些"吃惊"。好吧，他用的是哪个词我现在记不清楚了，虽然我觉得更有可能是"吓了一跳"。

康纳的外表比我预想的更迷人。他有一副后卫队员的宽肩膀（他曾经就是后卫），再配以一双橄榄球运动员特有的大手，棕色头发剪成类似《老友记》中钱德勒·宾的短发款式，穿一条直筒

① 斯嘉丽·约翰逊（Scarlett Johansson），是美国近几年的当红影星，她演技出众，身材性感，略显沙哑的嗓音也非常迷人。

裁剪的休闲裤。我从头到脚穿的全是 Gap，但暗暗希望它看起来能与高端牛仔品牌瑞格布恩（Rag & Bone）有几分相像。

我们找了一张桌子坐下，点了两杯金汤力。康纳很放松地向后靠在椅背上，我则双腿交叉，一个膝盖放在另一个之上，双手压在两腿之间。他说："这样真好！工作只会叫人伤脑筋。"之后沉默了片刻。我笑了笑，点点头表示同意。接着我很快地"发表声明"说，这是我的首次 Tinder 见面，以前我从来没有做过这样的事，现在这么做主要是因为我初来乍到，几乎没什么朋友。但实际上，我明明看起来就是会这样做的那种人，而且我确实也正在做。这时不知为何，我脑海里闪过吉赛尔在跟吉米出门散步时最终屈服的那一幕。吉赛尔一直认为自己只会在草地上大解，然而就在一瞬间，它突然绝望了，转眼就变成可以在人行道上解决内急的狗狗。

我们的鸡尾酒在阳光下升腾着泡泡。康纳听我喋喋不休地讲着我生活中的两个 G——吉赛尔和 Gap，大部分时候只是简单回应"哦""是"，而且速度很快，有时甚至抢在我一句话说完之前。也许他早猜到了我后面要说的话所以急于表达意见？也许第一次约会他很紧张，不知道该说些什么？然后到他了，他说起他正在学习的酒类工艺学课程，说起他常常利用周末去切尔西市场收集各种调味香料，然后分装在小罐里，花很多时间去闻它们的气味，目的是提高盲眼辨别的能力。他甚至自己制作闪卡用于自测。他告诉我："这很好玩。"我看着他，点点头说："哦，再多讲一些吧。"但心里却暗自琢磨着用"好玩"这个词去定性"把鼻子伸到杯里闻牛至叶"这种事到底合不合适。

我们小口喝着杯里的酒，一时都没有说话。我盯着公园里被特意布置成高脚杯形状的郁金香花坛，思绪开始游离。这时康纳随口说到他很怀念露营和徒步旅行，所以最近正打算去印度参加朋友的婚礼。我曾去过印度一次，非常喜欢那个国家，而且我也特别怀念露营和徒步旅行！虽然我仍然不确定他是个怎样的人，但我很愿意再多了解一些。就在我鼓足勇气要说"还想再来一杯酒吗"时，康纳看了看手表，说："我必须得闪了，跟客户约了吃饭。"

即使我没戴手表，我也知道这次见面不超过 40 分钟。我觉得有些难堪，因为我居然介意这时间的长短。我暗暗想，这是我吗？

"哦，好的，"我说，努力做出无所谓的样子，"我也得回去遛吉赛尔了。"

又一个单臂拥抱后，他匆匆走了，留我一个人站在 43 街和第五大道的拐角，一时间不知所措。

　　我打电话给吉米告诉她我没事，她提议晚上在 RIO 的露台上举办"喜客鲜客之夜"女生派对。当天晚上，我和吉赛尔爬上"沼泽湾"，吉米坐在我们对面的椅子上，很肯定地发表意见说："听起来这家伙就是个脑残。"她嘴里塞得满满的，面前摆了十几盒番茄酱调料，她正拿着一根波纹形薯条往其中一个里面蘸。确实，康纳说走就走，还很自以为是（从他打了发胶服服帖帖的头发以及他谈到的闪卡那些事就可以看出），而且我感觉在我们聊天的 40 分钟里，他一次都没有笑过，连微笑都没有。但"脑残"这个评论是不是太刺耳了？这是最好的朋友应该有的正常反应吗？如果她不喜欢你的朋友，可以说他脑残。他必须是个脑残……但万一他不是脑残呢？

　　我拿了一根薯条喂给吉赛尔，把头靠在它肩上。RIO 的这个露台实际上背朝一个亮着荧光灯的停车库，我坐在这儿，借着那灯光，看见地上还扔着上周我喝完的"两美元"葡萄酒空瓶。我低头看着我们这张被称作"沼泽湾"的沙发，整个冬天它上面几乎都被雪覆盖，现在坐起来感觉硬邦邦的。至于康纳，这个热爱运动又对葡萄酒感兴趣的小伙子，我不知道是不是该停止和他约会。我充满了好奇心，很想结识新朋友，尝试新事物。我承认我对他有好感。我还想再见到他。

过了几天，康纳问我下班后愿不愿意去遛遛吉赛尔顺便吃点儿东西。我答应了，凡是与吃以及吉赛尔有关的事，我都不会拒绝——吉赛尔也是如此。他来 RIO 与我们会合，一身运动外套加休闲裤的装扮，看起来时髦又有格调。但他站在我们客厅／厨房里，显得有些格格不入，因为这屋里的陈设五花八门，有宜家的减价品，有人行道上捡回来的家具，还有吉赛尔散落各处的玩具（有些像托儿所，但其实吉赛尔一直都不怎么玩这些玩具）。吉赛尔做了"自我介绍"，和见其他小伙子时的反应差不多，先是很短促很温和地叫了一声，等到我说了"他人很好"之后，它才慢慢伸出脖子靠近了一些，夹在两腿间的尾巴也渐渐放松了。康纳毫无例外地说了句"真是只大狗"，紧接着又颇为正式地问候道："终于见到你了，吉赛尔，真高兴。"之后我在屋里走来走去地找齐出门要带的东西：钥匙、钱包、手机，吉赛尔亦步亦趋跟在身后，康纳则一直在看他的黑莓手机，其间他的 iPhone 也在裤兜里铃声大作。总算可以出门了，"准备走啦！"我微笑着说，把牵引绳在四根手指上缠了几圈，用臀部顶住门让吉赛尔先出去，我和康纳跟在它后面来到了大街上。

吉赛尔泰然自若地走着，身体重心随着迈步从左边换到右边，再从右边到左边，尾巴自然下垂，我很庆幸近距离内没有可怕的公交车。我们的第一次约会，我可不想看到它被吓得蹲伏在地继而迅速逃走的景象。

我们一路沿着第九大道溜溜达达，康纳说既然我住在这附近，就由我来选一个吃饭的地方。这对我来说可不是什么好事，因为我和吉米通常只吃一元比萨和乔氏连锁超市的食品。极少数时候，如果我们确实想挥霍一下，会去 Maoz 素食，一家供应炸豆丸子沙拉和炸豆丸子三明治的连锁店，店里的沙拉配料和调味汁都可以自选并且不限量，我和吉米都很喜欢。我们也去过 Pinkberry 冰激凌店，当然，不是去买什么，只是要一份免费品尝的样品，然后假装有什么重要事情需要处理的样子迅速离开……所以呢，我并不知道该去哪儿吃。我们继续顺着第九大道走，我想，等一看到露台环境还说得过去的餐厅，我们就进去。"就这儿。"我相当肯定地指了指，虽然我并不知道"这儿"是什么饭店。

我和康纳喝着特酸玛格丽塔酒，吉赛尔却在一个外卖用的铝箔盘里呱唧呱唧喝着水。它是个非常合适的首次约会陪伴者，一旦出现令人尴尬的沉默时，就可以迅速把话题引向它："吉赛尔，你还好吧？你的饮料怎么样，宝贝儿？还要薯条吗？"之后我们就能彼此心领神会地夸赞它那在最后一抹日光下闪闪发亮的条纹皮毛，或者谈论一下过路者对马士提夫犬那些有意思的评论，这极大地缓解了第一次约会的紧张感。那天晚上吉赛尔喝水的兴致似乎比平常都高，它发出特别大的喝水声，还把康纳面前凡是有水的地方都舔了一遍。（它是在努力地往嘴里舔水吗？）当然，我知道它在做什么。它显然只想把这儿搞成又是水又是口水的狼藉场面，然后看看这个新认识的小伙子会做何反应，看看他是不是能拿到马士提夫犬这枚表示同意的印章。"它喝得可真带劲啊，是吧？"康纳仔细看着吉赛尔，双唇间浮现出一丝微笑。

"嗯，是，它可是在办公室度过了艰难的一天。"我开着玩笑，又觉得有点儿伤感。

走回家的时候，康纳牵起了我的手。和一个小伙子在一起的感觉真好。他看起来自信、聪明，而且还那么英俊。同时我也有犹疑，这次约会时我开怀大笑了吗？我有没有觉得心慌意乱呢？

每走几步，吉赛尔就会回头看我，可能是想确定我和这个牵着我手的成年男人在一起一切都好。我也一直看着吉赛尔，要确保它在曼哈顿的人潮中一切都好。我和吉赛尔之间，永远也说不清楚是谁在看谁。我们互相看着，要确保在前行的道路上我们能坦然接受生活安排给我们的一切。在一顿不用争抢调味汁和试饮酸奶的晚饭之后，在沿着第九大道一路走过热闹的希腊餐厅、意大利餐厅、爱尔兰酒馆和寿司店时，生活给我们送来了一位成年男子，一位后来我把他称为"我的男友"的男子。

　　一开始你坐在布莱恩公园的一张桌子旁，和他之间保持着4英尺（约1.2米）的距离，假装对丹宁酸和丹魄葡萄酒① 很感兴趣。接着你们带上狗狗到湖边的一间单坡顶小屋野营。你试图忘记他说过的"想吃果塔饼干② 根本就是幻想"；你也试图忘记，在问他是否愿意爬到屋顶看天空时，他只冲你翻了翻白眼。所以最后你只好自己爬上去看天，同时你也确定这份感情不太顺利不太合适。但是随后你们回到城区，他邀请你在一个非常小的饭店吃饭，小到似乎只有一张桌子供顾客使用。你吃了可口的饭菜，喝了美味的葡萄酒，聊了愉快的话题。尽管你不喜欢他评论这家饭店时非常挑剔的态度，不喜欢他在点葡萄酒时用的一大堆形容词，不喜欢他总把侍酒师叫到桌边问人家一些其实他自己知道答案的问题，但他仍然想着让服务员把剩菜打包带回家给狗狗吃。离开饭店后，你觉得有人陪着一起回家的感觉真好。有人陪着一起睡觉的感觉真好。等清晨来临，你喜欢他温柔地问你要不要一起沐

① 丹魄（Tempranillo）是西班牙最重要的葡萄品种，用这种葡萄酿制的葡萄酒被称为丹魄葡萄酒。"Tempranillo"也可以译为"添帕尤尼"或"坦普拉尼洛"。
② 果塔饼干（S'mores），一种在美国很流行的甜点，制作方法是用两片全麦饼干夹上一层巧克力和一团烤软的棉花糖。在举行夜间篝火聚会或野炊时，果塔饼干是必备食物之一。

浴，你们一起站在浴室里，互相递着洗发露，肥皂泡顺着鼻子滑下来。这种感觉是那么自然那么舒服，就好像你们长久以来一直共同沐浴似的。在内心深处你相信他是一个好人，你喜欢有人陪伴、被人照顾，喜欢有个男人在你左右，所以你一次又一次地与他见面。

康纳住在东村，没过多久我就成了他公寓里的常客。幸好我有吉米，她早上可以遛遛我们的"毛皮姑娘"。顺便提醒一下年轻的单身人士，如果你没有一个同样喜欢狗狗的好室友，请不要养狗。我和吉米在一起的时间越来越少了（不用大惊小怪，这很正常；而且吉米是世界上最随和的女孩了）。吉米的性格很豪放，她并不喜欢相对比较保守的康纳。她总是问我："弗妮，你确定你喜欢他吗？我看见你和另一个人在一起。"我告诉她我并不确定，我们甚至还算不上正式交往，我只是找点儿乐趣而已。

"他有趣吗？"吉米对此很怀疑。不久她就有了新朋友，开始和他们一起出去玩。我也对自己更成熟的新生活很满意，像去电子音乐节并且喝掉很多瓶司木露伏特加那样的事情我不会再做了。并不是说那种生活有什么不对，只是因为我找到了一系列更值得自己去做的事情，我希望自己总有收获，希望自己变得更成熟。

康纳毫无疑问就很成熟。他收藏了很多葡萄酒，按照产地、品种和葡萄园分门别类地摆放在专门的葡萄酒酒架上。他的葡萄酒工具看起来就像手术器械。他有一个能旋转的领带挂架，柜子里的衣服都用衣架挂起来，要穿哪件立刻就能找到。墙上的装饰品都被镶在很专业的画框里，他的学位证书挂在一角，有一幅布拉格风景的油画，门上方则挂着一面很大的旗子，是密歇根大学橄榄球队蓝黄两色的队旗。（我和吉米的家里只有一幅影星扎克·埃夫隆的纸板画，而且我们把它贴在窗子上了。）康纳是一个务实又有条理的人。对于带着一只体形如 Mini Cooper 般的狗狗住在时代广场区的我来说，也许务实一些更有利。

　　康纳真心实意地爱着我的"Mini Cooper"。他总是和它说话，告诉它它有多漂亮多天真，他把我们称为"他的女孩们"。他甚至带我们坐出租车去这儿去那儿。他这么体贴，谁还会在意他不像我这么幽默呢？谁还会在意他一在场我就变得更安静更寡言了呢？他记得把皮特鲁格（Peter Luger）牛排店的剩菜打包回来给吉赛尔吃，那可是纽约一流的牛排店！他教我如何运用数学策略在四子连珠游戏中胜出。不知道如何对付老板时我会向他求助，他总是在第一时间发来邮件，提供给我非常有用的建议。他似乎什么事情都会做，这让我感到很安心，因为我觉得自己一直都是靠猜测行事。

　　认识康纳之前我没有来过东村，但我很喜欢这里。它更有居民区的感觉。大街上的人看起来都住在东村。这里和我租住的地区不一样，没有把旗子绑在滑雪杖上举在手里带路的导游，没有一群又一群穿着统一 T 恤的游客，街角也没有十六个聚集在一起的蜘蛛侠。我和康纳开始一起利用花旗共享单车出行①。有一个周末，他要出城办事，出门前他说我应该骑车去看看 A 大道和第九街交叉口处汤普金斯广场公园的狗狗游乐场。"吉赛尔一定非常喜欢。"他向我保证说。我骑车前往中城，穿过 A 大道和 B 大道之间的第十街后到了汤普金斯广场。我看到狗狗们在铺着石子的公园里到处跑动，高耸的大树下有一个砌成骨头形状的水池乐园，狗狗们在里面戏水嬉戏。我知道康纳说得没错，吉赛尔一定会爱上这个狗狗游乐场。

于是我不再理会内心深处的那个小声音，它惧怕投入，总是告诉我要抽身而退。我不理会这个总是劝我离开的小声音，是因为我觉得和他在一起时，我还不是最真实的自己。我想，也许相处的时间长了，我就会做回那个真实的自己。我知道他很爱吉赛尔，我愿意相信他也一样爱我。我选择屏蔽掉一个事实，那就是，他还从未对我说过他爱我。

① 花旗共享单车（Citi Bike），是纽约市政府于 2013 年开始实行的自行车共享计划。该计划由花旗银行（Citi Bank）赞助，因此被称为 Citi Bike。

08
狗狗乐园

  夏天到了。这是我第一次正式在纽约过夏天。随着和康纳的感情不断发展，我越来越成熟，开始对时代广场的公寓生活感到厌烦。外面的喧闹声和嘈杂声听起来比以前更吵，拥挤的街道也感觉比以前更憋闷。天气太热，吉赛尔不能走太多路，于是我被困在了中城。有时我会忍不住想，那些出租车的喇叭大概都加了扩音器，而时代广场上密集的灯群就像人工日光浴床般地烘烤着我。吉赛尔被人们"嘘-嘘"地从荫凉的饭店露台撵走，我们想在杜安里德药店（Duane Reade）的冷藏区凉快一下时被赶了出来，出租车看到有吉赛尔也常会拒载。我的哥哥和妹妹都在加州过着梦想中的生活，他们看起来非常"精通"艺术，不断给我发来海滩上的照片。而我呢，干着一份没有前途的储物间工作，日日与时代鬼场的僵尸们为邻，和吉米在州长舞会音乐节上喝到大醉，还有一个穿得像《芝麻街》饼干怪的小伙子每周都来一次，想约我和吉赛尔出去。

康纳经常出城工作。我和他无疑是在恋爱当中，只不过我还不愿意完全承认。有一次我甚至立刻就要与他分手，觉得这种越来越像彼此承诺的关系让我失去了自由。但很快又给他打电话道歉，想不通自己到底为什么做那样的决定。我 24 岁了，对一切都抱有疑问。我为什么要搬来纽约？会因为康纳而留在这里吗？在 Gap 我能不能得到升职机会呢？我自己想要升职吗？我努力过吗？我到底在过什么样的生活呢？

一天晚上，大约 9 点时我给妈妈打电话，希望她能很确定地告诉我她身体好生活也好，就像以前她常向我保证的那样。但她没有接，之后也没有打给我。

两三天后我又打给她，电话响了很长时间她才接起来，声音听着像是刚睡醒。我问她正在干什么，她说："我正在路上，去参加一个 11 点的聚会。"

"可现在你那儿的时间应该是晚上 8 点。"我揭穿她。电话那边沉默了一分钟，随后她大笑起来。

"这儿不是晚上 8 点!"

我没马上说话,看了看微波炉上显示的时间。纳什维尔现在的时间确实是晚上 8 点。接着她开始说她是去和朋友温迪以及克雷格聚会,现在很清醒,"状态好得不能再好了"。她越说越含混,舌头就像打了结,我已经很难听明白她在说什么。

"无论怎样,妈妈,你听起来像是喝醉了。我这会儿要出门,我得去遛吉赛尔。"就在她试图让我相信她正贴着佳洁士牙贴所以刚才只是在故意逗趣儿的时候,我挂断了电话。

之后她发来过奇怪的短信:"早上好!!!今天要烤新鲜的面包卷和鸡蛋!下午 3 点见 dddddddjjkkkkkkkk。"接着是一行又一行五颜六色(但完全莫名其妙)的表情符号,很显然不是由于使用 iPhone 不熟练误发的。

除了低迷恍惚,妈妈也有很多清醒振作的时候,但我不可能时时追踪她的情况。有时她在电话里听起来状态很好,她反应敏捷,还会随口问问我最近过得如何,有没有什么事需要她在那边帮忙。每次联系她时,我无从知道电话另一端是哪个"版本"的她,版本不同,我的情绪也截然不同。(听起来)清醒版的她给我带来希望,让我觉得她一定会好起来,醉酒版的她又无情地碾碎这希望。希望一次又一次地升起、落空、再升起、再落空，我真不知道我还能承受多少。而妈妈，她甚至都不承认自己有问题。

有时我给爸爸打电话，希望谈到妈妈时他能说一些关心的话，但他从不愿意多提。我想听他说："我也很难过。她会好的，你也会好的，一切都会好起来！我们来帮她恢复！我会帮她的！"但实际上他总是说："好啦，弗妮。你在外面照顾好自己就行了。最近工作怎么样？"仅此而已。我听不到自己想听的那些话，一下子火冒三丈，直接就把电话挂断了。

不过即便是地狱厨房区最闷热难耐的那几天，日落之后在RIO的房顶上也能感受到阵阵清风，于是我和吉赛尔常到房顶纳凉。吉赛尔蹲在我脚边，我面朝它坐下，盘起腿来。时代广场的灯光在四周闪烁，我们四目相对，一动不动。我常常惊奇于吉赛尔可以和我互相凝视。在它暗黑色的脸上，那双眼角稍稍向下倾斜的眼睛里充满好奇和关切，总能给我无限抚慰。它的大脑袋里有什么呢？我想起爱瑞丝曾经说过，她觉得吉赛尔的大脑里只有一大片绿色的草地，草地正中间长着唯一的一棵郁金香，除此之外，没有别的什么了。照这样说的话，我的大脑里应该有个时代广场，嘈杂、拥挤不堪，很多信息可以在一瞬间同时闪现。

　　我多想永远停留在这一刻，就这样和吉赛尔待在屋顶上，但又无法控制内心的担忧。我担心失去妈妈，却没有解救她的好办法；我担心康纳并不是适合我的那个人；我担心我选错了工作，又不知道如何才能找到一个好工作；我担心自己在纽约没有朋友，总是形单影只。吉米和我慢慢疏远了，我们正在被拽往不同的方向，我能感觉到这一点，却无计可施。刚搬来纽约的时候，我决心要过充满冒险的生活，却没想到自己反而被困于这昂贵的城市，每天只顾朝九晚五地工作，根本没什么冒险可言。我想到过离开，也想过可能要去的地方。我可以打包好行装，带上我最好最忠实的四条腿朋友出发，把所有的担忧和害怕都封在箱子里，在以后数月都不用把它们拿出来。

　　我伸出双臂搂住吉赛尔，它把头搭在我肩膀上，让我把全身重量都倚靠着它。我们就这样坐着，四周环绕着市中心闪耀的灯光。成长过程中，每到这样的迷茫时刻，吉赛尔就会变成我的依靠，默默地给予我安慰和支持。

　　随着热浪和夏季缓慢逝去，我开始越来越强烈地想要重启我们的逃避计划。就在我准备写出行地清单时，我接到了一条来自一位老朋友的 Facebook 信息。

　　"你还住在这个城市吗？我刚搬来，住在 11 大道和 46 街这边！我想见吉赛尔！"瑞贝卡写道。

我和瑞贝卡相识是在查尔斯顿学院读一年级时。她也爱冒险，可以和我一起开车去福利比奇的海滩，不管海水温度多低都敢跳进去。她来自波士顿，说话时偶尔会用一连串"wicked[①]"。她喜欢诗歌，喜欢健康的有机食品，是爵士乐女歌手妮娜·西蒙的崇拜者。

她和我一样喜欢列清单。我们刚认识时，有一次在麦克-康纳尔学生公寓四层她的房间里，说起如何才能在我们并不喜欢的那些必修课上专心听讲，她大笑着说："想听听我在今天的统计学课上写了什么吗？"

"当然。"我点点头。她拽出一个绿色的线圈活页本，快速地翻到某一页，然后故意清了清嗓子，开始给我读一份清单，主题是"她喜爱的事"。她列出的每一条都怪诞而绝妙：和章鱼共享一个星球；雨后玫瑰花的样子；宇宙黑洞……瑞贝卡还有一点和我相同，她也坚持写好玩的日志，把各种事情都记下来。如果哪天没写，这天就好像没有过完似的。我转学离开查尔斯顿时，我们曾约定要保持联系，但实际上并没有实现。那

---

① "wicked"一词原意指"坏的、邪恶的"，但作为俚语在口语中使用时，则表示"太棒了、酷毙了、真牛"。

之后的几年我们几乎从未交谈过，直到 7 月的这个晚上，她突然给我发来一条消息，说她已经搬到地狱厨房，碰巧的是和我居然只隔几个街区。

我带着吉赛尔在 43 街与第八大道交叉处和瑞贝卡会面。她穿着一双又破又旧的棕色靴子和一件飘逸的白色连衣裙。"哦，我的天哪，"她高兴地说，"吉赛尔！你可真漂亮，宝贝儿！"她拍了拍手，弯下腰，吉赛尔径直走到她双臂之间让她拥抱（瑞贝卡完全没注意到吉赛尔蹭到她衣服上的口水）。然后我和瑞贝卡跳着笑着拥抱在一起。她欢呼道："真不敢相信你就住在这儿！"我也欢呼着回应道："真不敢相信你就住在这儿！"我们又拥抱在一起。随后我们步行去瑞贝卡租住的公寓，瑞贝卡牵着吉赛尔，她们俨然一对儿老朋友。一路上仍免不了有过路人对我们的马士提夫大獒说些难听的话，但我们一点儿都不在意。"吉赛尔，别理他们！"瑞贝卡安慰道，"你根本不是一只讨厌的大狗。你这么优美、这么性感、这么漂亮，你是一位女王！"

瑞贝卡的公寓是一处老旧的土灰色的转租房，屋子里带家具，楼下是一家出租车修理店和一家宠物美容店。房间墙面是纸板的，客厅里有成堆的旧书和仪器，还有一把古董似的牙科诊疗椅，天花板上悬挂着一些植物，正中间摆着一台破旧的施坦威钢琴。这样的房间里自然少不了蟑螂。瑞贝卡眉开眼笑地说："我在客厅里练习芭蕾。"她去厨房给吉赛尔倒水，边走边做了一个旋转动作。

就这样，我们在这个城市又有了一位朋友。

我和瑞贝卡形影不离地一起做所有事情。我们带着吉赛尔去旧货商店买款式相同但颜色不同的大软帽。（没错，我们也给吉赛尔买了一顶。这样我们就有理由买下那顶蓝色的。）我们把嘴唇涂成深红色，打算靠花言巧语进入 Boom Boom Room 夜总会，那里的大厅和 007 电影中的夜总会大厅相似，光彩夺目，金碧辉煌，可以 360 度地观赏曼哈顿全景。虽然排队的人很多，但瑞贝卡并未气馁，她说："我来搞定。"她大摇大摆地走到前面，和守门的保安聊了几句，关心地问他过得怎么样啊，等等，直到最后我们绕过人群，直接从大门进入里面。哦，我有没有提过瑞贝卡长得异常漂亮？她体态婀娜，皮肤和胸部堪称完美，头发是漂亮的金棕色。不管什么时候都有众多小伙子被她迷得神魂颠倒。

我们在一起度过的时间越多，我就越能感觉到她身上有一种似曾相识的东西，让我想到很久以前的妈妈：在我迟疑不决的时候，是妈妈的鼓励让我充满信心；在我担忧害怕的时候，是妈妈的抚慰让我重归平静。不久我就意识到我给瑞贝卡打电话时倾诉的很多烦恼，都是以前我常打电话向妈妈倾诉的那些。其实我真正的妈妈已经好几个星期没来过电话了，但我尽量不去想这个。我觉得，如果我需要，瑞贝卡可以无比耐心地听我唠叨那些问题，直到世界末日。她总是能让我相信一切都会好起来，而某种程度上，她确实有让一切好起来的本领。

瑞贝卡在一个世界知名的广告公司做客户代表。她微笑着解释说："我都不知道自己怎么得到这工作的，我应该是完全蒙骗了某个人。"她还花时间做一些业余项目，比如写写剧本或者电视节目试播集。后来她还开了一家辣酱公司，命名为"如此辣辣酱"。我俩都觉得吉赛尔该出力做点儿什么分担一下它每日的花销，于是，效仿别的宠物主人当时流行的做法：我俩也给吉赛尔申请了一个 Instagram 账号。它会一举成名的！我们抱着这样的希望，注册了用户名 @GizelleNYC，选定了话题标签 #BigDogBigCity（#大狗大城）。我们在日志里列了一些拍照的想法，甚至以"专业摄影"的方式在公园里用气球做道具拍摄了一组"大片"。我们打算带着吉赛尔走遍纽约所有的行政区，为它拍很多照片，从此开创我们的新事业。但遗憾的是，我们从头至尾总共只发了四个帖子。

有了瑞贝卡之后，我开始以不同的方式看待纽约。以前只有我自己，我觉得我只是在 RIO 的楼顶上旁观着纽约城的日月更迭，而现在，我开始觉得我是纽约的一部分。我不再只是为了生存，我要在这里生活。

8 月底的一个晚上，我们在西村一家叫塔丁（Tartine）的法式小餐馆吃饭时，一场水到渠成的对话发生了，主题是"让我们在目前基础上再进一步"。这家小餐馆隐身于赤褐色的砂石建筑与狭窄的街道之间，街道的名字都很好听，比如韦弗利、查尔斯、佩里，等等。餐馆把一些桌子摆在门口的便道上，街灯恰好提供了照明。我和瑞贝卡吃着贻贝和炸薯条，喝着自带的葡萄酒。我们俩各自的公寓都快到期了，我正和她诉说着我的迷惘，我很犹豫是不是该继续留在纽约，在这儿生活成本太高，而且我很想念远在加州的兄妹。我承认我并不知道自己应该去哪儿，也不知道自己在做什么，但又确实不想再在时代广场困上一年。

"嗯，我知道。也许我们可以一起找个地方？"瑞贝卡扒开一个贻贝，慢慢说道。她结尾处用的升调，这表明她知道我对此也会犹豫不定。

"但是你愿意一起住吗？"我问。

听到这儿，她很不解地看了看我。

"你知道，合住就意味着也要和吉赛尔住在一起……

"虽然吉赛尔是个很可爱的室友，但它身上可能会有臭味。它流口水，不过我会马上擦干净。它还掉毛，嗯，掉得挺多。有时候我觉得奇怪，它怎么掉这么多毛居然还没有变秃。但也还好，我有一个特别大的滚筒粘毛器。"

瑞贝卡一直面带微笑地听着我喋喋不休，时不时点一下头。

"还有，你见过它的大便吧？它们是……是那么……唉……你是见过的！但很容易就习惯了，只要有大号手套和塑料袋，而且提前准备好就没问题。有时小伙子们会有点儿怕它，因为它要是不喜欢他们的话就会冲他们大声叫。但这其实是个好事，可以帮你过滤掉那些可能不适合交往的人。哦，还有，有时我肯定需要你帮我遛它，过去一年要是没有吉米的话……"我伸手拿了一个贻贝，声音渐渐变小了。我爱吉米，她为我和吉赛尔付出了很多，但和新朋友搬进新公寓，有一个新的开始，也是正确的决定。吉米也曾提过她打算搬到布鲁克林的新朋友那儿去。

"妞儿，我爱吉赛尔。"瑞贝卡微笑着说。

"我会尽全力帮你的。"

接着她举起手中的红葡萄酒（据康纳说，红葡萄酒和贻贝并不搭配，但我们不在意）。

"敬室友？"

"敬室友！"

一个月后，将近 9 月底了，我开始打包准备搬家。吉赛尔看着我，表情无比担忧，似乎在问"你要去哪儿"。我走来走去地收拾东西，它则急切地跟着我从客厅到卧室，从卧室到客厅，一整天眼睛都没敢眨一下。它脚指甲打在地板上的"咔嗒咔嗒"声一直在我身后响啊响，我只好一次又一次地安慰它说"你也跟我一起去"。我把一件件 Gap 衣服塞到塑料袋和洗衣篮里，把世界地图卷起来，把"沼泽湾"沙发拖拽到人行道上，在上面放了张纸，写着"免费送给美好的家庭"。

我和瑞贝卡从 U-haul 公司租了一辆小货车。把最后一个大塑料袋扔进车斗、把吉赛尔的宠物床使劲儿塞进最后一点儿空间之后，我又回头看了看 RIO。再见，RIO。我默默地说，忍不住耷拉着肩膀叹了口气。我把卡车后挡板关好，爬上驾驶室跨过吉赛尔（它显然要坐副驾驶位）坐在了中间。瑞贝卡一只手放在方向盘上，踩下了油门。我扭头看向窗外，看着这个马上就将变成曾住地的社区消失在眼前。"再见啦，时代广场！"瑞贝卡大喊了一句。

她打开收音机，惠特妮·休斯顿的歌声响了起来。

货车在车流中走走停停，吉赛尔把大脑袋伸到车窗外，看着最后展现在它眼前的一切。有时一辆公交车从旁边呼啸而过，吓得它立即把头缩回车内。我坐在瑞贝卡和吉赛尔中间，就这样把中城的灯光、RIO、时代广场，把在曼哈顿度过的第一年时光统统抛在身后。我已经做好了准备，要在这极其大的城市里和我极其大的狗狗一起开启生活的新篇章。

我们的新家在 A 大道和 B 大道之间的第七街上，从窗口就能看到汤普金斯广场的狗狗乐园。我迫不及待地要带吉赛尔去看看我们的新社区。我们飞奔下楼来到人行道上。东村的空气凉爽而清新，人行道上没有拥挤的人群。第九街的公园里孩子们在嬉笑玩闹，狗狗游乐场的大榆树上鸟儿在鸣叫，甚至，还能听到教堂的钟声从远处传来。

我们沿着 A 大道漫步时，一个穿着黑色皮夹克的女士朝我们走过来。走近我们身边时，她无声地张大了嘴。有那么一瞬间我想，又来了，接下来就是指指点点，或者骂骂咧咧，或者请求合影，等等，一种接着一种。但她并没有，她只是伸出一根手指指着吉赛尔说："Biscuit？"

我以前从没听到过这名字。难道她知道我们是从南部来的 ① ？

"Biscuit？"我疑惑地问。

"对啊，Biscuit。这不是Biscuit吗？"她问，说着她低下头凑近吉赛尔看了看。我还没来得及说话她就拍了一下脑门接着说："哦，等一下！这不是Biscuit！真抱歉……这只狗狗看起来太像它了。"她哈哈笑了几声，夸赞吉赛尔说"你真漂亮"，然后就走开了。

几分钟后一位穿着Jets T恤衫的小伙子也走过来仔细打量着吉赛尔。我又绷紧了神经，等着看他下一步做什么。我已经准备好了回击。（比如，不，你可别把它当成马！）但他只是站在原地没动，看着吉赛尔说："Summer？"

这样被认作是Biscuit和Summer的情景不断发生着，每次大家都会跟我说，有一个叫路易的家伙，我必须得见见他。"只要见到他你就能知道是他，"他们言之凿凿，"他有和吉赛尔一样的狗狗。"

"他有七只这样的狗！"一位女士喊着说。

---

① 此处这位女士错把吉赛尔认成名叫Biscuit的狗狗，但作者一时没有明白过来。因biscuit是美国南部很流行的早点，是一种不用酵母发酵、烤制很简单的面包或软饼，所以她以为这位喊出biscuit的女士知道她们是从南部过来的。"Biscuit"一词在英式英语中是指"饼干"，但美式英语中却是软饼、面包的意思。美式英语中"cookie"才是指"饼干"。

和吉赛尔一样？在纽约？这只是个都市传说吧？

后来有一天，我带着吉赛尔转过一个街角后走进了汤普金斯广场，一眼就看到路易迎面走来，没错，那正是他。他身边跟着两只体形庞大、身上褶皱很多、头如狮子般的马士提夫大獒，其中一只是浅褐色，另一只是带条纹的棕色。他们三位都走得非常慢，看起来好似合成了一只超级生物。路易长着一头长长的、乱蓬蓬的鬈发，肚子如同圣诞老人的一样又圆又鼓，他的衬衫上印着这么一句话"Drool is Cool（流口水的才最酷）"。他太伟大了，我对他佩服得简直五体投地。

三只马士提夫大獒在公园中央相见了，路易咯咯笑道："这准是吉赛尔喽。"

"是它！"我微笑着说。他知道吉赛尔的名字，我不禁觉得很荣幸。我低头看了看吉赛尔，它正和其中的那只雌性条纹狗狗Biscuit互相蹭着鼻子，粗壮的尾巴慢慢地来回摇着。

"它们是世界上最好的狗，对吧？它们就像人一样，通人性。"路易开心地笑着，轻轻拍着Summer的头。每拍一下，Summer就满足地闭一下眼睛，和吉赛尔的表现一样。路易告诉我他以前住在第九街时有五只马士提夫。我没问他是如何在公寓里安置五只马士提夫大獒的，但我非常赞同他刚才说的：吉赛尔确实就像人一样。

　　我们第一次去汤普金斯广场狗狗乐园探险，就可以看出吉赛尔是多么像人类。那是一个周六，周末的曼哈顿处处拥挤，狗狗乐园也不例外。这里似乎汇聚了所有品种的狗狗，只要你能想得到的，这里都有——比特斗牛犬、维希拉猎犬、玩具型贵宾犬、柯吉犬、各种杂交犬、拉布拉多犬、斑点狗、巴哥犬、大丹犬……还有可爱的幼犬们。现在，漂亮的斑纹马士提夫犬也来啦！

　　"准备好了吗，宝贝儿？"我问吉赛尔，随后推开黑色的滑动门，摘下了它的牵引绳。

　　一个由三只拉布拉多犬组成的小团伙跳跃着跑来和吉赛尔会面，它们围着它转圈，不停地冲它叫，还试图轮流用鼻子去撞它的屁股。吉赛尔不断倒退着躲开它们，耳朵朝后平贴在头上，尾巴也夹了起来，接近发怒的边缘。但它随后迅速向我跑过来，想把臀部藏在我两腿之间，这时那三只狗狗也转移了目标，又跑去问候后面进来的狗狗。吉赛尔这才放松下来，尾巴也不再夹着。它好奇地跟在它们后面，看来很想和它们交朋友，但又不知道该怎么做。

　　它转了一圈又回到我身边，我安慰它说："我知道，宝贝儿。

这儿的狗狗太多了，你觉得紧张很正常。"我走到一个恰好在一小片阳光下的长凳边坐下，吉赛尔跟在我后面，也顺势卧在我脚边，准确地说，是我脚上。后来这就成了我们在狗狗乐园的常态：我坐在长凳上晒着太阳，看着狗狗们，吉赛尔忠实地蹲在我旁边，也看着狗狗们。

当然啦，有很多有意思的事可看。一只杰克罗素㹴狗正起劲儿地在石子路面上挖着刨着，就好像它只记得自己把最爱的"牛奶－骨头"牌饼干埋在了这公园里，但确切位置却想不起来。拉比特，一只鬼鬼祟祟的比格猎犬，特别喜欢偷各类服饰，比如其他狗狗的外套、人们的围巾，等等。等物品的主人发现后追着它满公园跑的时候，就是它最兴奋的时候。那边的一只波士顿㹴犬，喜欢吃它自己的便便（以及其他狗狗的）。几乎所有的狗狗主人都试图赶走它不让它得逞，但这小家伙从来都没失手过。

但吉赛尔从来不做这些狗狗天生都可能会做的事。它从不无缘无故地吠叫，夜里不会连声长嚎，更没有咬过遥控器。它不撕扯毛绒玩具，也不会放肆地往别人腿上扑（真是谢天谢地）。我从没见它喝过马桶里的水。（不过有几次我可能没注意到座位上的口水，我已经熟视无睹了。）它喜欢像人一样泡在温暖的浴缸里，像人一样打哈欠，顺带着发出一声又长又满足、楚巴卡式的呻吟。它从不随便吃不属于它的零食，只有一次例外，吃了我和瑞贝卡放在矮茶几上的一块臭蓝纹奶酪。所以，我已经习惯了自己有一只不像狗的狗狗，在一个热闹的周六早上，我甚至带着咖啡和加了培根鸡蛋奶酪的贝果面包来到拥挤的狗狗乐园，想着可以坐在长凳上惬意地读本书。这种行为明显太可笑了，是不是？

汤普金斯广场的狗狗乐园不仅是一个可以看到各种狗狗的地方，这里也能见识到各种各样的人。有一位上了年纪的女士，衬衫上总缝着只恐龙，她有一只棕色的皮毛乱蓬蓬的小狗，名叫库奇。她已经在这里住了 45 年。虽然每次见到我她都不记得我是谁，却总喜欢讲故事给我听。她每次讲的其实都一样，主要是说 30 多年前，在雅皮士还没搬来的时候，东村人是多么勇敢和坚韧不拔。她跟我说，她很反感那些搬来东村的年轻人，他们不过才住在这儿一年时间，就敢自以为是地把曼哈顿当成家乡。我告诉她那些人最坏了。还有一位男士，用一辆红色手推车推着后腿有残疾的小比特犬来乐园，让它一样能呼吸新鲜空气，享受和其他狗狗在一起的乐趣。乐园里也常见到一只比吉赛尔还高的灰色大丹狗，它戴着一个约翰迪尔的项圈，它的主人戴着一顶牛仔帽。

　　但狗狗乐园里最棒的一天，毫无疑问，将近 10 月末的时候才到来。那天一大早，闹钟还没响我就醒了（简直令人震惊），接着赶快去摇吉赛尔。它勉强睁开了一只眼睛，另一只还埋在枕头里。我一下子跳下床，只有这样才能让吉赛尔起床。只见它先把前爪从床垫边沿伸到地上，后半身还在床垫上没动，它可怜巴巴地看了看我，不明白我们到底为什么要起这么早。

　　瑞贝卡站在客厅的点唱机旁，开始播放黑人盲歌手史提夫·汪达的《我生命中的第一次》（我们一共也没有几张唱片），我们觉得这首是吉赛尔最喜欢的歌。我打开窗子，让秋天的微风吹进屋里，接着我们爬上外面的防火梯，一边喝着晨起咖啡，一边看着不远处的汤普金斯广场。第 23 届汤普金斯广场万圣节狗狗大游行就要在这里举行，这是一年一度全世界最大的狗狗化装游行盛会。这个时间很多参赛者已经到达广场了。

　　我们站在防火梯上，指点着广场上我们喜欢的造型。吉赛尔把下巴搁在窗台上也向外看着。

　　"我看到一组扮成《星球大战》的，"瑞贝卡喊道，"莉亚公主、约克夏犬扮的楚巴卡、卢克·天行者、一个冲锋队员，还有，啊哈，哈巴狗尤达大师。吉赛尔，这可是很难打败的一组。"

　　我深吸了一口气，说："哇，我看见了一只，等一下等一下，是一只博美吗？它被装在一个星巴克杯子里，伸出来的头上顶着一个南瓜？这是南瓜香味博美[①]吗？糟了糟了，我们完蛋了。"

　　"哦，天哪，我不确定，那是鲨卷风[②]吗？"瑞贝卡忍不住大笑，"不，抱歉，它是鲨卷狗。"原来是一只黑白色的卷毛狗裹着一块黑色毛毡，毛毡上粘满了塑料玩具鲨鱼。我继续盯着，又看见两只卷毛小狗分别扮成杰克和露丝，不禁想到要是把吉赛尔装扮成泰坦尼克号大船，一定非常合适。

　　瑞贝卡进屋去厨房混合血腥玛丽水。"和劳伦、瑞贝卡一起下厨。"我们一边开着玩笑，一边用芹菜梗搅着新鲜的番茄汁，然后加入橄榄油和"如此辣"辣酱一起摇匀。随后我开始撕一件很大的白色 T 恤衫（没错，是 Gap 的），在上面剪出一些洞，让它看起来像吉赛尔自己撕扯成这样的。我试图说服吉赛尔去咬坏一些棒球，但它拒绝做这种事。它歪头看着这些球，不知道它们是什么东西。无奈之下，我只好用剪子和小刀在上面剪

---

① 星巴克公司曾推出一款南瓜味拿铁咖啡，书中提到的这只博美犬就是根据此产品设计的造型。
② 《鲨卷风》（*Sharknado*）是一部于 2013 年上映的美国影片，讲述了洛杉矶的一场龙卷风将海里成千上万的鲨鱼带到陆地上从而造成灾难的故事。

剪划划，终于让这些球看起来真像是被一个流口水的猛兽咬坏的。完美！

我们准备扮作《沙地传奇》中的角色，这部电影主要讲述了20世纪60年代一个少年棒球队的故事，其中有一个角色是被称为"怪兽"的马士提夫大獒，据说它曾把侵犯了自己领地的孩子吃掉。我和瑞贝卡穿上法兰绒外套，戴上棒球帽，把姓名标签上的"Ham"和"Scotty Smalls"①涂上颜色，带着吉赛尔向狗狗乐园出发。

汤普金斯广场简直疯狂了。眼前走过来的是《灰姑娘》团队，一只戴着金色假发、穿着蓝色长裙的英国可卡犬坐在南瓜车里，拉车的"马"是一只身披彩带的拉布拉多犬，它们的主人扮作王子和公主。我紧走一步挡在吉赛尔旁边，不让它看到这漂亮的灰姑娘四人组——没有必要增加走秀前的紧张和不安，而且，也没有必要让吉赛尔去想有没有适合它坐的公主马车。我拍拍它的头，充满信心地对它说："你是这里最漂亮的！"我们在广场上还看到了捉鬼敢死队、恐龙、豆豆公仔，甚至还有教皇弗朗西斯。吉赛尔一直表现很好，对即将到来的比赛毫不紧张，甚至直接卧在石

---

① Ham（汉姆）和 Scotty Smalls（斯科蒂·斯莫斯），都是电影《沙地传奇》中棒球队的队员。

子地面上休息起来。

汤普金斯广场狗狗乐园的正中间用阿斯特罗草皮铺出了一条走道，旁边摆着一张桌子，三位评委坐在桌子后。有的主人为狗狗走秀准备了音乐，有的表演滑稽短剧。我紧张地捏了捏瑞贝卡的手。糟糕，我们也没有什么短剧。我们准备好了吗？我们随着队列往前移动，等候出场。终于，下一个就轮到我们了。我把吉赛尔的牵引绳缠在手腕上。我们登上了舞台，一个搭建在乐园中央的小小的木制舞台。吉赛尔蹲在我脚边，就要开始了。

"下一个。"主持人大声喊道。

人群一下子安静了。（好吧，半安静状态——欢乐的纽约人和他们的狗狗朋友能保持成这样已经很不错了。）

"这一刻终于到了！这只英国马士提夫大獒已经为此准备了一生……"我吸了一口气。

"请登台……有请吉赛尔，《沙地传奇》中的恶兽。"

我低头看了看吉赛尔。

"好，开始走。"

我轻轻晃了一下它的牵引绳，它马上挺起肌肉发达的身体，顺着走道昂首阔步地走起来。它脸上带着一丝笑意，头微微侧着，展示着自己优美的曲线。它完美地表演了边走边张着嘴快速呼吸的帅气动作，迷倒了一大片人。它还成功地流出一些口水，真正融入了"恶兽"这个角色。大步走，大步走，大步走，转身，表演一下猛兽！你凶狠！残忍！现在咆哮！

我们走到了草皮道的尽头，人群开始齐声为吉赛尔喝彩。

"再一次！让它再走一次！"他们大声喊着。我们跳下舞台，我弯腰看着我的宝贝儿，揉了揉它的耳朵，在它两眼中间亲了亲。"你做到了，宝贝儿！你真是个了不起的模特！最漂亮的猛兽！"有那么一刻我突然想到了妈妈，小时候参加舞蹈演出时，即便我们被安排在最后一排，她也总是说"你们最耀眼了"。

其实那天吉赛尔可能并不像我描述的那么昂首阔步，可能走到中间时它还蹲坐了一下，要靠我拽着它，但在我心目中它就是最好的。它甚至在新闻网站 Buzzfeed 评出的纽约宠物狗变装大赛70 名最佳着装狗狗中名列第 67！令人瞩目的好成绩！这还是那个藏到桌子底下躲气球的狗狗吗？还是那个一看见飘起来的塑料袋就吓得撒腿逃跑的狗狗吗？我的猛兽比以前进步了很多，这真令人欣慰。

后来，在败给一只扮成厨师坐在一大盆龙虾旁边的吉娃娃（它确实令人赞叹）之后，一位主持人叫住我说："你们绝对该赢的。吉赛尔知道如何在秀台上表现自己。"我对他笑笑，然后环顾着整个狗狗乐园。在这个美丽的秋日，看到这形形色色的人带着他们各种各样的狗狗聚集在汤普金斯广场，一种温暖的感觉油然而生。我刚刚得到吉赛尔时也曾有过与此相似的感觉，一种互相依恋、互为家人的感觉。

我与康纳之间的感情也进展顺利。很多个秋日的傍晚，我和吉赛尔高高兴兴地步行去他在第一大道的公寓，并留在那儿过夜。他公寓里的条件比我们的好很多，房间里有恒温控制，冰箱里有各种食物，可以用电视盒子 Apple TV 看电视，还有一个可以依偎着的男友。他每次都为吉赛尔在地上布置一张床，也经常打包一些菜给我带回来。我常在他整理得井井有条的衣柜里翻找他那件我最喜欢的 T 恤，同时小心翼翼地不给他弄乱（不过经常做不到）。夜里我会在他的臂弯里沉沉睡去。这一切，看起来实在无可挑剔。

但有时我会突然惊醒，然后很难再入睡。我盯着天花板，扭头看看打着呼噜的康纳，再扭头看看打着呼噜的吉赛尔，听着第一大道上并不明显的车辆驶过的声音。我闭上眼睛，希望能再睡一会儿。但没有用。四五十分钟后，我坚持不下去的时候，就悄悄溜下床，悄悄穿上鞋，扣上吉赛尔的牵引绳，一起走回我们自己的公寓。这时不过凌晨 4 点，幸亏我的古卓大狗可以保护我安全回到第七街的家。之后我会躺到自己床上，紧紧依偎着吉赛尔，心里想着自己真应该一开始就在这儿睡。

一转眼 12 月就快过完了，我本不想离开纽约，但康纳说我回田纳西过圣诞节期间他可以照顾吉赛尔，于是我亲吻着告别了他们，从中央车站坐大巴车前往拉瓜迪亚机场。爸爸在纳什维尔机场接上我，之后开车去妈妈在范德比尔特大学附近的公寓，特里普、珍娜和爱瑞丝正在那儿等我们，他们也刚刚从加利福尼亚回来。按照往常的情形，妈妈的家在圣诞节时几乎会变成北极，但这次我进门后什么圣诞装饰都没看到。连圣诞树都没有。

特里普、珍娜和爱瑞丝坐在客厅的地板上，周围是一堆工艺品——毛毡、彩色毛根、圣诞铃铛、蝴蝶结、红毛衣、法兰绒衣服，等等。他们正在准备第二天晚上节日聚会时要用的全套装束。特里普用手机播放着全能明星平·克劳斯贝的浅吟低唱，电视里放映的是十几年前的一部老电影《布偶圣诞颂》。爱瑞丝看到我，高兴得跳了起来，她把自己亲手制作的一件圣诞节彩格法兰绒衬衫送给我。衬衫非常漂亮，和她给自己做的一件正好搭配成姐妹装。她的手艺估计连擅长手工制作、开着大型家庭用品公司的玛莎·斯图沃特看了都会觉得汗颜。"噢，天哪，这真是太完美了——我太喜欢了！"我开心地笑着，和她拥抱在一起。（真不知她为什么件件事都擅长。）爸爸把我的行李箱送到楼上的客房去。我脱了外套，和爱瑞丝一起跑进卫生间试穿我俩的新衬衫。不一会儿特里普和珍娜也进来了，我们四个挤在狭小的卫生间里欣赏着爱瑞丝的作品。就在我问特里普我们是不是穿好毛衣去纳什维尔那家叫"乡村酒馆"的老酒吧玩飞镖时，我们听到了……

先是一声可怕的惊叫，紧接着是重重的"砰"的一声，像是身体倒地的声音。我们立即冲出卫生间，飞奔上楼，看见妈妈躺在地上，爸爸正弯下身子用手扶着她的头。"快打911！"爸爸大喊。妈妈全身僵直，双手用力下扣，就像动物的爪子，正在剧烈地抽搐着。我们一下子愣住了，不知道发生了什么。

"找人帮忙！"爸爸更大声地喊着，"快去找人帮忙！"我从没见过爸爸如此惊慌失措。我们立即行动起来。特里普跑去用手机拨打911，珍娜拿来一个枕头垫在妈妈头下，我冲出大门，跑到希尔斯伯勒村黑暗、寂静的街道上。我穿着圣诞法兰绒衬衫，赤脚站着，冷风不断地打在脸上和脚上。"救命！"我喊道。我的声音里充满了绝望，根本不知道自己能喊给谁听。爱瑞丝跟在我后面跑出来，她的喊叫声比我的更高更尖，而且充满了愤怒。眼泪从她的脸上不断滑落，她哭喊道："她看起来快死了！她会死吗？她会死吗？"我还没来得及回答，她已经把拳头举到脸上开始捶打着自己。"救命！"她的尖叫声比我和妈妈的还要可怕。"救命！"她又一次哭喊道。这时有几位邻居从他们家里走出来。我抓住爱瑞丝的手，拼命地把她拉到我怀里。接着我们听到了救护车的警报声。

医护人员赶到的时候，妈妈的抽搐没有那么剧烈了。她恢复了一些意识，可以呼吸，但仍然躺在地板上，不能说话。我站在楼梯上，看着医护人员把她从地上抬起来放在担架上再用搭扣固定好。她的头歪向一边，脸颊紧压在肩膀上。我跑去衣帽间给她拿鞋，发现那里面塞满了塔吉特超市的袋子，装的全是闪闪发亮的圣诞装饰，标签都还在上面。我知道她想成为的那个妈妈就待在这衣帽间里。

救护车随即开往医院。我坐在救护车的前排，家里的其他人都在另一辆车里跟在救护车后。我不知道为什么是我坐在救护车里，可能作为家中的长女，我就是要承担这样的责任吧。救护车司机问我妈妈是否有吸毒问题。

有。

她自己知道吗？

不知道。

她也有酗酒问题吗？

有。

那她知道自己酗酒吗？

我摇摇头。

妈妈在医院待了三个晚上。圣诞节前一天，我们去她公寓和她告别。我们要在田纳西过节，而她又要被送去戒断康复中心。这次是在佛罗里达州。但我并不关心。尽管我花了一整天时间在手机上定位到底是哪家戒断中心，我还是对自己发誓说不要再关心。和妈妈说再见时我抱了抱她。我没有用力。我再也不想紧紧地拥抱她了。

09
跛疾初显

两三周后我回到了纽约。冬天正牢牢地盘踞在东村：结冰、降雪、烂泥、大风。我们没有了 RIO 的露台，天气太冷，也不能再像初秋时在汤普金斯广场的狗狗乐园直接用软管给吉赛尔冲洗。我只能在卫生间的浴缸里给它洗澡了。浴缸里的它特别平静、安宁，有时我甚至想为它点上几支蜡烛，再打开一本时尚生活杂志 *Vogue*，营造些浪漫气氛。当然，等它从浴缸里出来，抖动身体甩水的时候，我和周围的一切都会被溅上不少湿漉漉的狗毛，那安宁也就随之荡然无存了。不过吉赛尔特别喜欢洗澡，我不在家时它甚至会时不时地爬进浴缸里睡觉。

有一次我正坐在浴缸里，吉赛尔很悠闲地走了进来，照例舔着地上的洗澡水。后来它把一只爪子搭在浴缸边上。它不会的，是吧？我心里想着，拍了拍它的头，它的皮毛紧紧贴在我湿乎乎的手上。它又把第二只爪子搭了上来。不，不行。但我还没来得及阻止它，它的两只前爪就已经进了浴缸，紧接着它纵身一跳，"砰"的一声。它本来还想展现一下流畅而优美的跳姿，但实际上却如一颗炮弹般落在了浴缸里，水溢得满地都是。好吧，吉赛尔，这可是新花样。等水面平稳些了，我把腿蜷起来抱在胸前，吉赛尔则蹲坐在那儿高兴地喘着气，就好像我们一直以来都是这样洗澡似的。它又一次展示了它的马士提夫超级能力：让本来不可能装下的东西，装下。以及它的另一项狗狗超级能力：一号女孩，我时时刻刻都和你在一起。

　　回到纽约，又一次远离家乡，表面上我已经躲开了妈妈的那些问题，但这次心里的问题却不肯放过我。睡觉时闭上眼睛，我总会看到妈妈被捆在一个担架上，她那失去意识的头歪向一边，随着担架上下颠簸。我看到她脸色苍白，眼睛下面却呈现出青蓝色。我意识到自己已经完全不记得上一次我见她并百分百肯定她清醒是什么时候了，想必是很久很久以前了吧。在东村这黑暗的卧室里，我还意识到我对妈妈所有的记忆都笼罩着一层不确定性。带我去买吉赛尔的那天她的人真在那儿吗？来纽约看我的那次呢？夜里躺在床上，我搜寻着对妈妈声音的记忆，是她那温柔的、音调高高的、像音乐般美妙的声音，不是听起来含混不清的那种。我还搜寻着她的笑容。但我发现所有的记忆都丢失了，到处都找不到。我只记得在她衣帽间里看到的那些圣诞装饰，我坚信着这样一个事实：那才是妈妈原本的样子，那才是她想成为的样子。

但妈妈一直坚决不承认自己有问题。所以那位救护车司机问我她是否知道自己成瘾时，我不知该说些什么。有时候相信她一切都好比接受她问题缠身要容易得多。有时候尽管知道她喝醉了但还是会在电话里和她聊上几句，那是因为我想念她、想和她说说话。是接受一个酗酒成瘾的她呢，还是从此完全把她忘记？我不知道哪种决定更糟。但我不想再活在否认之中。我的妈妈已经被"否认"劫持，而我想继续前行，我想把妈妈清出我的生活。

爸爸建议我多去参加 Al-Anon 的活动，Al-Anon 是一个旨在帮助嗜酒者的朋友和家人的互助会。以前我曾去过几次。小时候爸爸也带我们去过专门针对青少年的 Alateen 互助会。虽然我参加 Al-Anon 的次数算不上最多，但我总是尽量抽时间去，而且不管什么时候去，我都有一种"幸亏我来了"的感觉。在 Al-Anon，即使只是安静听着，我也觉得心里安慰，因为屋子里的人都能理解我的感受，因为我知道还有那么多人都在和成瘾症做斗争，我不是孤单一个。不过我还不知道如何着手自己的 12 步恢复计划，我正在努力中。

冬去春来，在尽量停止挂念妈妈的同时，我对康纳越来越依恋。每次收到他邀请我同去什么地方的邮件，我都兴奋不已。比如有一次他在邮件里说："几周后我要去费城开会。你和吉赛尔愿意同去吗？我希望你们去，因为预订酒店时我已经写上了吉赛尔的名字。"之后他开着一辆租借的汽车过来接我们，车后座上已经铺好了沙滩巾供吉赛尔使用。我们一路开往费城，在那儿吉赛尔还享用了做成独立钟①形状的狗狗零食。他真是个很实在的人！我想。独立钟、费城、康纳、吉赛尔……是他们让生活变得这么有意义。

我也不能失去他，我需要他总是肯定地表态说"很快就会好起来的"。只要他在城里，我和吉赛尔几乎每晚都去他那儿。我能感觉到自己正从一个本来不怕孤单的人，变成一个害怕独处的人。有时我会因为他不肯直接表达对我以及对我们关系的

---

① 独立钟（Liberty Bell），又可译为自由钟，是一口摆放于费城独立厅的大钟，1776 年 7 月 4 日美国宣布独立时敲响了此钟，由此得名。

认可和他闹别扭，有时我试图按照自己心目中的那个理想形象去控制他、改变他甚至扭曲他，结果经常会引来争吵。"不管我做什么你都挑剔我！"他会嚷道，不耐烦地冲我翻着白眼，"我会尽我所能地对你好。我真的很在乎你。但你总这样挑剔我的话不会有什么好处。"

于是我会哭着跟他道歉，说我不想做那种处处挑剔他的女孩。我不想做一个缺乏安全感、整日唠叨不休的女朋友。那不是我。我希望自己有主见、有自信。瑞贝卡经常会问我，假如康纳真的对你说了他爱你胜过这世上的一切、他觉得你最了不起，你会怎么做呢？"你会对他说同样的话吗？"她问我，目光里充满怀疑，"你爱他吗？"我没有回答。事实上我不知道。我只知道如果没有他我会很痛苦，这也能说明些什么，对吧？我继续和康纳交往着，甚至邀请他和我们一家去山区旅行，把他介绍给爸爸、爱瑞丝、特里普和珍娜。

有一天我正坐在特里贝卡的储物间办公室里，我的上司推门进来了。德里克环顾四周，看到那些箱子一个压一个整整齐齐地摞在一起，那些滚轮挂架都被编上了号，那些基本款的水手领T恤都按照颜色分类整理，那些鞋子都成双成对儿地摆放。"嗯，很好。你知道怎么整理储物间了，不是吗？"他微笑着说，手从桌子那头一直划拉到这头，桌上空荡荡的，再不是以往摆满样品的景象了。那天我坐在电脑旁，我也意识到我确实已经掌握了整理储物间的技能。也许离开储物间的时候到了。

我又开始投递简历，并且去中城的一个旅游公关公司参加了面试。我对旅游公共关系一无所知，所以面试结束的时候我想，好吧，这份工作是没戏了。但几个星期后我收到了他们的邮件，说已经决定录用我，职位是客户代表。当读到邮件中询问我希望在名片（名片！）上使用什么名字那一段时，我对瑞贝卡说："他们不是在开玩笑吧？"我太激动了，但同时也有一种蒙骗了他们的感觉。对喜欢旅游的女孩来说，这工作堪称完美。我主要负责联系一家提供定制服务的旅游运营商——皆可达旅游公司（Jacada Travel），他们可以为客户设计世界范围内个性化的豪华旅行线路，比如可以入住秘鲁马丘比丘的五星级酒店苏马凯（Sumaq）。我研究了很多梦想中的冒险线路以及遥远的异域之地。我觉得，这份工作应该不会有很多去异域之地的机会，但被派去做一次冒险之旅倒还是有可能的。

我所在的办公室不大，而且我的上级特别喜欢狗狗，这或许是我对这份新工作最满意的一点了。于是吉赛尔偶尔会和我一起上班。它可以坐大楼里的货运电梯到我们五层的办公室，在这儿它的工作就是在我转椅旁睡觉，它对这工作相当尽心尽力。

我觉得生活终于在我的掌控之中了。男朋友——搞定！好朋友——搞定！东村公寓，事业，狗狗，搞定！搞定！搞定！我甚至正在为取得纽约马拉松的参赛资格而努力，我自己练习长距离的八英里、九英里以及十英里跑，和吉赛尔一起练习较短距离跑以及超短距离的高抬腿跑。

那天早上云层很厚，看起来要下雨的样子，但天气预报说是晴天。我摘了吉赛尔的牵引绳，它立即加快了速度，在我前面飞奔，还时不时扭头看我是不是跟得上它。我加速追上它之后，就减慢速度开始做高抬腿跑。我望向布鲁克林那边的河水上方，云层中已经露出了一小片蓝天。我深吸了一口新鲜空气，低头去看我的好朋友，却发现它不在我身边。

"吉赛尔？"

我回头找它，才看见它落后了几步，但走路的样子像是不想让其中一个后脚掌着地，它慢慢放下那条腿，然后又迅即抬起，特别像脚下的混凝土地面烫得不能碰。

我掉头朝它走过去，跪在威廉斯堡大桥下面的人行道上准备看一下它的脚掌。

"我看一下你的脚掌？宝贝儿，你脚掌没事吧？"我一边问，一边想着应该是街上的什么东西扎进它的大脚里了。

我低下头，轻轻扭转它的左后脚掌，检查肉垫之间的缝隙里有没有异物。

我戳了戳它的腿，低声问它："这样疼吗，吉赛尔？"我看着它的眼睛，等着它做出反应，总觉得它会有，但它只是张嘴喘了喘气。我又摁了几下："这样呢？"它挺起头很好奇地看着我。然后它舔了舔我的鼻子，挪过身子蹲坐在我膝盖上。你这样是在告诉我你没事吗？我在它身体两侧来回揉擦了几分钟，给它一个代表着"咱们走"的三连拍，它从我腿上站起来，我们开始往家走。走了不过十步，突然……

跛了一下。

虽然并不明显，但能看出来。

我回到公寓后给康纳打了电话，他立刻就赶过来了。我指示吉赛尔在狭窄的走廊里来来回回地走，他手托着下巴仔细观察着。"哦，我确定就是它脚掌里有什么东西。"他跪在地上检查它的脚，完全不理会我说的"什么都没有"。"说真的，很可能是，嗯？十有八九吧？就是有东西在里面，但嵌得太深了看不见。"他很有把握地说。他把吉赛尔的脚掌扭过来，眯着眼睛凑到更近处看了看，那样子就像在思考数学题。

"不，不是这样。我知道不是这样。"我的声音听起来很无礼，但我并不是故意的。

他很困惑地坐了一会儿，说："那我也不知道了。确实挺奇怪的。"他双唇紧闭，两只手垂在两边，一副无计可施的样子。康纳说不知道的时候，我就觉得更担忧了。在我心目中他应该是无所不知的。"什么都知道"，既是他最大的优点，也是他最大的缺点。

"我相信很快就会好的，但你还是带它去看一下医生？"

第一次预约的时间到了。我领着吉赛尔在荧光灯照明的诊室走廊里来回走着，那位兽医仔细地观察着吉赛尔的步态，她和康纳的姿势差不多，也是很专业地站着，用食指不断敲着下巴。"好，吉赛尔，这边走。可以了，现在再往这边走。好狗狗。"吉赛尔有点儿不安地跟着我走过来走过去，头抬得高高的，爪子轻轻敲打着地面，如果我们不是在兽医诊所的话，它走路的姿态可以说是非常健美。

"它看起来没什么问题，"兽医下结论说，"你看到的跛脚可能是因为长长的冬季之后腿部比较僵硬。它看起来也没觉得疼。不过我会继续留心这方面。"

随后的几星期里，我一直注意观察着，不过什么都没看到。吉赛尔看起来很正常。但之后有一天在汤普金斯广场乐园时，跛脚的情形又出现了。"吉赛尔走路的姿势有点儿奇怪吧？它是不是在拖着那条腿？"我问康纳，心里一阵慌乱。吉赛尔走在我俩前面，能看出它那条后腿正轻微地刮擦着地面。我第二次带它去找医生。兽医研究了一番，给出的答案是：僵硬？关节炎？萎靡不振？并且她说："从吉赛尔看着你时的表情判断，它的情绪似乎与你的情绪是同步的。劳伦，你这段时间情绪低落吗？它可能正处于这种情绪当中。"接着她又说，"吉赛尔有泌尿系统感染。"

兽医给吉赛尔开了一大堆药，有各种维生素，还有极其昂贵的泌尿系统感染类药物。我订购了一张可以加热的宠物床，据说可以缓解关节痛。兽医还建议说，跛脚严重的话可以用毛巾兜住后腿处，提起毛巾时就像叉式升降机，能让吉赛尔上下楼时轻松些。

我还是很乐观的，兽医没有检查出任何严重问题，目前的跛脚看起来只是后腿有一些拖拽，而且时有时无。不过每次我觉得它应该不会再出现的时候，它就又回来了。我决定去一家综合性的大型宠物商店咨询一下。康纳陪我一起去的。我们绕过摆满有机猫薄荷和各种可降解咬胶玩具的货架，来到商店后面。这里有不少带着猫和狗的宠物主人，他们自动在一位老先生前面排成一队。这位老先生长着一头乱蓬蓬的白发和一对儿老年人特有的大耳朵。他弓着背坐在一张木凳上，身后的货架上堆满了维生素、落满灰尘的书以及装满五颜六色粉末的大广口瓶。

我们排队等着，康纳在看手机，吉赛尔蹲在我脚边。我前面的一位女士正在焦躁不安地诉说着她的约克夏犬常有急性焦虑发作的症状。（巧合吗？）那老先生很专心地听着，但没表现出任何同情。他向这位女士保证说，给狗狗服用巴赫金银花花精，每天两次，就能缓解它的焦虑。她道过谢急匆匆离去。我上前一步，那老先生没说话，只是狐疑地打量着我。

"您好……呃，这是吉赛尔，"我说，"它……呃……"我还没说完，他就打断了我："你平时用什么喂这只狗狗？"

我告诉了他，但立即就后悔了，真希望自己什么都没说。他捏了捏自己的脸，很嫌恶地看着我说："你的狗狗这么漂亮、这么惹人喜爱，你居然告诉我你平时喂给它的都是……"他边说边把脸凑近了我，"垃圾？"我张了张嘴，但舌头像打了结，什么也没说出来。我能看见康纳站在几英尺远的一个角落，正看着手机一边摇头一边发笑。

"你年纪不大，我能看出来，我也能听出来。你多大了？ 19岁？"老先生接着说，"我告诉你，这个漂亮迷人的宝贝儿"——他把青筋暴突、满是皱纹的手放在吉赛尔头上——"这只狗狗应该吃比垃圾好得多的东西。"我紧张地咽了口口水。我完全同意。我不想给吉赛尔喂"垃圾"，但我觉得普瑞纳狗粮也没那么糟糕，而且它还挺喜欢吃的。

接下来，老先生在一个抽屉里摸索着，拽出来一卷空白的购物小票打印纸。"我帮你解决之前，需要你签一下这个。"他清出一小片地方把那卷纸拉出来一截，然后一边写一边把每一个词都读出来。

"我，将，不再，喂……"

他停下来，用笔敲着下巴，问："再说一遍，狗狗叫什么名字？"

"吉赛尔。"

"哦，对对对，"他接着边写边念，"我将不再喂吉赛尔任何……任何……其他牌子的狗粮，只喂蓝爵牌（Blue Buffalo）。"

"签字。"他用笔在纸上敲了两下，命令说。我没想着争论，也没问他是否能加上一条，把人类食物也包括进去。我拿起笔，签名同意了这个条件。这位老先生把小票纸拽过去也签上了自己的名字，然后他离开座位，开始拖着脚在商店的货架间走动，我、康纳和吉赛尔紧跟在他身后。我本想再跟他仔细说一下吉赛尔时有时无的跛脚，但在他注意到并且能专心听我说的时候，我不知为啥瞎扯了一堆无关紧要的问题，比如吉赛尔偶尔会有体臭、泌尿系统感染、一直掉毛、鼻子发干、有没有新型的有机的东西给它清理耳朵牙齿，等等。他回答得不多，但接下来就是我在这家综合商店花掉了三位数的钱，而且我迫不及待地马上就要给吉赛尔吃这些健康的有机食物。"太感谢您了，先生。"我从柜台上接过各种袋子的时候，一个劲儿地对那位老先生道谢，甚至都给他鞠躬了。

"这老家伙就是个疯子。"康纳接过吉赛尔的牵引绳，小声说道。

跛脚的情况一直都没有消失，于是我们又去了另一家动物诊所，就在东村我住的公寓附近。诊所的服务台后面站着两位女士，其中一位有很浓重的泽西口音。她戴着好几条闪闪发亮的金项链，一只手腕上文着爪印图案的文身。她一直把吉赛尔称为我的"女儿"，我很喜欢她这样说。我请她们观察一下吉赛尔走路的姿势。随后那位泽西口音的女士蹲在吉赛尔后面，从上到下揉捏着它左后大腿上的肌肉，我则盘腿坐在吉赛尔面前的瓷砖地板上，不断抚摸着它揉着它的耳朵让它放轻松。接着兽医按了按吉赛尔后腿中间的关节处，相当于人的膝盖，但对狗狗来说叫作跗关节。她紧绷着嘴唇，从吉赛尔后面伸出头来看着我。

"发热。"她说。她又用大拇指按了按那个部位，说，"没错，这个部位发热。"她肯定地点了点头。

她建议我带吉赛尔去找一位很有名望的宠物神经病学家做进一步检查。那位神经病学家会说什么呢？我问她。这真的很严重吗？吉赛尔才6岁！怎么会这么严重呢？

我以最快速度和那位在中城区的宠物神经病学家约好了时间。我没有上班，带着吉赛尔坐出租车到了他那儿，结果却发现我的马士提夫大獒因为体形巨大无法使用他们的计算机体层摄影设备。他们推断可能是韧带撕裂，说如果让吉赛尔休息四个星期，把每天遛狗的时间减少为一天两次，每次不超过十分钟，它有可能会自行痊愈。

有可能自行痊愈？但假如不能，又会怎样呢？那位兽医给吉赛尔开了一堆止疼类药物，他说他们新泽西的诊所有一台适合吉赛尔的设备，如果我坚决要给它做检查的话，我可以租辆汽车带它过去。我咽了口口水，感觉到自己的嘴唇在发抖："但……但……检查什么？"我问。他开始解释可能会是什么情况，听起来都相当严重。我开始抽泣，开始流泪，开始控制不住地哭出来。兽医努力地安慰着我，他说我可以选择多等上一段时间，也许止疼的药物和充分的休息可以让吉赛尔恢复健康。我坐在冰凉的瓷砖地上，吉赛尔的头靠着我的膝盖。我无助地看着兽医，我很害怕，但又不能不顾这高昂的治疗费用，于是我决定乐观地等上一段时间。"可能会好转的，很可能吉赛尔休息的时间还不够，"兽医补充说，"别担心。"

但我不能不担心。最大的难题之一是上下楼梯。我住的公寓没有电梯，吉赛尔没办法好好休息。

"我那儿的楼梯！"我哭着说，"如果总要上下楼梯的话，它就不可能康复。"这真是太难办了。吉赛尔一直把头靠在我膝盖上，看到还穿着黑色工作服的我坐在那儿痛哭，它一定很想安慰我。

"我也可以开车把它送回纳什维尔的家……但是……"我哭得停不下来。兽医无可奈何地看着我，看得出来他很想帮我，但又不知道能做些什么。

我离开后给姨妈打了电话，因为她最好的朋友以前养过马士提夫。她很直接地问我："吉赛尔多大了？""6岁！它才6岁！"我哭着说。"很抱歉，亲爱的，但是大型狗狗的寿命一般都不会太长。我朋友在狗狗 5 岁的时候就失去它了。"我感觉到胸中一阵剧痛，在那一刻我才意识到，原来我一直想当然地认为吉赛尔会和我活的时间一样长。

那天晚上我拿着日志本坐在床上。我写字的时候，吉赛尔把下巴搁在床垫上，鼻子在本子边缘闻了闻。我感到一筹莫展，不知道该如何安置吉赛尔。吉米说，她的公寓在一楼，这几天我还没想好怎么办时可以把吉赛尔送到她那儿住。康纳也说愿意帮忙。爸爸说可以把吉赛尔送回纳什维尔由他来照顾，但我不想我们隔开上千英里的距离。我想到姨妈说的"弗妮，它们的寿命都不会太长"。我也想到那位兽医说的"有可能是更严重的问题"。这些话萦绕在我脑子里，我无论怎么努力都赶不走它们。

我低头看看吉赛尔，它的鼻子还压在日志本的边缘。那些傻里傻气的日志里有各种清单。那些傻里傻气的清单里又列了我这一生中想做的所有事情。看着吉赛尔那明亮的眼睛，我想到了它的冒险，想到了它一生中可能想做的事情。突然间，我觉得我的清单完全不重要了。突然间，有什么在提醒我应该把尽可能多的时间拿来和吉赛尔一起度过。

我开始写下我想和吉赛尔一起做的事情，以及吉赛尔喜欢做的事情。让我想想，吉赛尔喜欢做什么呢？嗯，它喜欢去华盛顿广场公园看那里来来往往的游人；它喜欢清晨的时代广场，因为那个时间的时代广场笼罩在玫瑰般的颜色中，美丽而宁静；它还喜欢拥抱，喜欢舞会，喜欢公路旅行。

等一下，公路旅行！我想起了 19 岁那年的夏天，我和爱瑞丝、尤达还有胖子一起挤进车里，然后去公路上兜风。吉赛尔喜欢汽车，它已经有一段时间没有去公路旅行了。

10
公路旅行

　　这是一个非常适合去冒险的周末。正值夏季，我和瑞贝卡已经做好了休假的计划。我们本来准备去汉普顿参加她朋友——一位金融男的生日聚会，是在一座漂亮的白色别墅里，还有最流行的泳池漂浮玩具，像天鹅充气船、甜甜圈充气船、比萨充气船，等等。但后来我给她发信息说："我不想和一群目中无人的女孩去萨格港了。我们也不能带吉赛尔。"

　　她回复说："你简直和我想的一样。"

　　我打电话问吉赛尔的兽医："我知道它不能上下楼梯，但我们带它去公路旅行可以吗？我会特别小心的。"

　　"我看没什么不可以的。"兽医说。

我给瑞贝卡发信息："公路旅行？"

"公路旅行。"

于是我和瑞贝卡凭信用卡租了一辆丰田普锐斯轿车，这种车的后座可以放平，足够吉赛尔四肢伸展地躺卧。我们带着它离开纽约城，出发了。

没想到我们的"第一站"便是在纽约城的车流中。拥堵的汽车一辆紧挨着一辆，几乎没有缝隙。我看了一眼杯架，就知道决策失误，不应该让瑞贝卡去采买车上吃的零食。"海洋中的羽衣甘蓝！"她高兴地喊着，撕开一包海苔薯片，拿了一片放在舌头上。我在脚边的购物袋里翻找了一番，希望能找到哪怕是第二包海苔薯片呢，但没有，一袋子全是"牛奶－骨头"狗狗饼干。我打开一盒给吉赛尔拿了几个，它很优雅地（像一位女士）从我手里咬到饼干，只嘎吱一声就吃掉了。我想保持冷静，但是早有一丝焦虑爬上心头。这次公路旅行是个糟糕的决定吗？我这么做是不是不负责任？我现在应该做的可能是送吉赛尔回纳什维尔。我没有计划。我需要做一个计划。这样走一步算一步没什么好处。

普锐斯的雨刮器"吱吱吱"地快速摆动着，大雨猛烈地敲打着车顶。我们确实算是有一个计划。好吧，确切点儿说，只是一个想法。我们知道我们要向北开。我们知道我们旅行的起始点是马萨诸塞州的斯托，瑞贝卡的父母住在那儿，终点是缅因州的基特里，瑞贝卡的姐姐和姐夫家。除此之外，我们就是……往前开。而且我们单是起程就耗费了很多时间。

可能是因为下雨，或者是交通堵塞，或者是在食品店停车采购——采购是我提议的，在纽黑文附近（我买了能多益巧克力酱、草莓、薯片，给吉赛尔的博洛尼亚大红肠、火鸡、火腿；瑞贝卡买了"超级薯片其他口味"之胡萝卜味。）——也或者博洛尼亚大红肠是罪魁祸首——它可没给吉赛尔带来什么好处——每隔五分钟，车里就会恶臭弥漫。吉赛尔！又一次吗，宝贝儿？摇下车窗。我们要停车吗？估计我们得停。

于是我们在纽黑文和斯托之间的路上靠边停车，因为吉赛尔的后爪不能用力，我们只能像抬大沙发似的把它弄下车。然后我们站在一片草地上，等着……

等着……

等着……

"看来它不去不行。"

"嗯，确实。"

"真够可笑的。"

但它只是站在那儿盯着我们，一边喘气一边笑，就好像它在等着我们做完什么事似的。十分钟过去了。

"好吧，吉赛尔。但我们不会再停车了。你再没有机会了，宝贝儿。"瑞贝卡宣布说。我们又把它抬回车上。（三、二、一，起！嗨哟……嗨哟……嗨哟……这边！不不，这边！天哪，糟糕！嗨哟……）开了20多分钟后，我们又吸了吸鼻子。吉赛尔！我们要停吗？停下吧。

就这样，等我们到斯托的时候，已经是晚上11点了。我们累得筋疲力尽，但听到瑞贝卡的爸爸妈妈说厨房的餐桌上有自家烤的比萨饼时，我们又来了精神。瑞贝卡爸爸不爱说话，这一点和我爸爸很像，但他和吉赛尔却说了不少。

瑞贝卡的妈妈凯西却正好相反，她很健谈。她喜欢做饭，喜欢园艺，还热衷于户外活动。我们吃着她做的美味比萨时，她从壁橱里翻找出了一大堆我们做公路旅行需要的户外用品，比如雨衣、头灯、手电筒、斗篷、净水壶、指南针、多张地图，等等，这些都是我和瑞贝卡忘了准备或者本来就没有的。她给了我们很多很多张地图，并且把这些地图铺在厨房的长桌上告诉我们在新英格兰地区有哪些值得带吉赛尔去的地方。和这样的爸爸、这样的妈妈以及瑞贝卡一起坐在厨房的长桌边，吉赛尔卧在我的椅子下，在温暖的灯光下吃着自制的比萨，这感觉真是好极了。我扔给吉赛尔一小块饼皮，它没有接住但很快就从地上叼起来吃掉了。我知道我违反了和宠物综合商店的那个家伙签下的条约，但无所谓啦，我相信这不是第一次违反，也不会是最后一次。

吃过饭后，我跟着瑞贝卡去她以前的房间休息。我帮助吉赛尔爬到床上，随后我和瑞贝卡也上了床。在朋友家过夜啦，吉赛尔！吉赛尔把头放在枕头上，身体和我们差不多平行，我和瑞贝卡分别在它两侧，都伸出胳膊搂住了它。我们三个就这样躺成一排，舒适安稳地依偎在一起。

"我真高兴我们没去汉普顿。"我小声说。

瑞贝卡在我胳膊上拍了一下，说了声"晚安"。我知道她的想法和我一样。

第二天早上，我们出发去新罕布什尔州的怀特山。那里距斯托三个小时的车程，我们一路上用地图查看路线。不是谷歌地图，是凯西给我们的纸质地图。这意味着我们要经常掉头，不过没什么关系，我们的车上时光乐趣很多。

　　"我真是太爱南方小鸡①了。"瑞贝卡说。就在我们蜿蜒行进在山谷和树林间时，她把音响调大，伴着拨弦乐大声唱起歌来。吉赛尔呢？我回头看时，它正在龇着牙咧着嘴地傻笑，长长的舌头耷拉在外面，活像一只直筒短袜。也许这次公路旅行并不是个糟糕的决定，吉赛尔已经有一段时间没这么高兴过了。

　　有时我们停下车在草地上做做倒立，有时在小溪旁打个小盹儿。到了怀特山后，我们带吉赛尔去了伍德斯托克酒店。酒店正好是酒水优惠的欢乐时间，我们给吉赛尔要了一大碗冰水，给自己要了两杯猪耳牌的棕色艾尔啤酒。干杯！我们拿啤酒杯和吉赛尔的水碗碰在一起。真是完美的一天！只有蓝色的天空，可爱的穿着法兰绒衬衫的山地酒保，和我最好的两个朋友。

　　大部分时候我们一直行驶在路上。吉赛尔的脚需要充分休息，开车出行是个很适宜的方式。我们驶过有"最美公路之一"称号的堪卡马格斯公路时，吉赛尔毫不犹豫地把头伸出车窗，两只大耳朵在风中乱摆。我和瑞贝卡则轮流把头伸出去欣赏风景，想看看这条人人都说漂亮的公路到底漂亮在哪里。我扎马尾的发圈不知什么时候被吹跑了，一头长发在风里胡乱飞舞着。我闭上眼睛，

---

① 南方小鸡（Dixie Chicks），是美国著名的乡村音乐演唱组合，1989 年成立于得克萨斯州的达拉斯。

仍然可以感受到太阳透过树林洒下的亮光。我在风中展开双臂，感觉自己就像飞起来一样。胖子贝尔莎总是对的，这种感觉确实太奇妙了。

我们走过标着"Loon Mountain"（卢恩山）的指示牌之后，就没了主意，不知道下一步该去哪儿，于是靠边停车。瑞贝卡坐在司机位，和我一起把一张地图打开弄平，这时吉赛尔把头放在了中控台上。

"吉赛尔，走哪条路？"我问，好像它会有所偏好似的。

弗兰科尼亚峡谷？但吉赛尔不能徒步。弗卢梅溪峡？一样的问题。圣诞村主题乐园？没什么意思。糖山？我和瑞贝卡相互看了一眼，笑了。

随后我们带着吉赛尔驶向糖山，不为别的，就因为我俩都喜欢这个名字。一个小时后，我们到了一个山脚下（就是那座山）。我们绕着一座亮绿色的小山蜿蜒而行，不清楚正在往哪儿走，也不知道为什么要这么走——我们只想看看世界。我们一直没有停，直到看见路变平坦了，前方出现了一座红色的小型仓房，上面写着"哈曼奶酪＆乡村店：'全世界最好吃的切达奶酪'产地"。我和瑞贝卡四处张望，除了大片的羽扇豆和亮绿色的草地，别的什么都没有。难道糖山就是一家奶酪商店？

不过，吉赛尔（还有劳伦还有瑞贝卡）喜欢奶酪。于是我们下车，把吉赛尔安顿在仓房外的露台上，我和瑞贝卡走进去探访。我们品尝了"全世界最好吃的切达奶酪"，给吉赛尔买了一些（又违反了条约），然后走到外面坐在木头搭建的前廊上。

糖山当地的一位警官路过并停了下来。

"你们好啊，姑娘们。多漂亮的小狗啊。"小？难道我们到了吉赛尔的梦幻乐园吗？这时一辆粉红色的老式雷鸟敞篷车慢慢开了过来，喇叭"嘟嘟嘟"响了几下。司机摘下帽子在窗外挥了挥。

"下午好，乔警官！"

"下午好，山姆！"

我们和警官聊了几句天气，晴朗的、蔚蓝的、阳光明媚的——"在糖山，又是完美的一天。"我们是坐进了时光机，穿越到了梅伯里镇①吗？

我们继续上路行驶，中途我和瑞贝卡无意间看见一个瞭望台，像那种木制露台似的，建在山腰上，中间有一个矮树桩。我们犹豫着，是再下一次车去看看呢，还是让吉赛尔休息。"就再多看一处风景吧。"瑞贝卡很坚持，"我们会十分十分小心。"

① 梅伯里镇（Mayberry）是一个虚拟的小镇，是美国 20 世纪五六十年代的情景喜剧《安迪·格里菲斯秀》的故事发生地。该剧主要讲述梅伯里镇的鳏夫警长安迪及小镇其他居民的日常生活故事。

我们坐在树桩上，身边有"全世界最好吃的切达奶酪"、全麦饼干和一瓶香槟酒。瑞贝卡坚持要在当时当地打开那瓶香槟，于是，砰的一声，香槟开啦。我们喝着香槟，吉赛尔喝着碗里的水。从糖山向远处望去，视野是如此开阔，我都不知道眼睛该停在何处。在连绵起伏的土地那边，矗立着雄伟的怀特山脉。头顶上的白云投下它们的影子，把原本绿色的树梢变成了深蓝色。"嗨，劳伦，你应该在吉赛尔的清单上添上这么一条：在全世界最好看的风景里，吃着全世界最好吃的奶酪。"瑞贝卡给我的日志提建议说。她嘴里塞满了奶酪，手里拿着香槟瓶，说完她就仰头喝了一大口。

我坐在树桩上，脚在吉赛尔背上蹭来蹭去，想着那些我正在逃避的事情，那些我抛在纽约和纳什维尔不想面对现在也不用面对的事情——最起码这一秒不用面对。有那么一刻，我觉得自己已经躲开了一切，城市的热，建筑物、墙体、人行道散发的热，以及……吉赛尔腿部的热。

我们又在新罕布什尔住了一夜。第二天，我们开车前往缅因州的途中，瑞贝卡看了看手机。"噢，"她扭头笑着对我说，"我姐姐刚刚给我发了一条消息。"她用大拇指在屏幕上滑着。"她让我告诉你，如果需要的话，你可以把吉赛尔放在他们家一段时间。他们住的是平房，有一个长满草的小后院。她很愿意照看吉赛尔。"

瑞贝卡的姐姐凯特琳曾在纽约见过吉赛尔几次，而且她见过吉赛尔后一直都想着有机会也养一只马士提夫。我特别喜欢凯特琳。第一次见到她时我就觉得她也是我的姐姐，我好像早就认识她似的。她总是很沉稳，像妈妈一样温柔慈爱。她和她丈夫约翰住在缅因州的基特里。我一开始想拒绝她的帮助。我非常想说："绝对不行！现在没事！现在还好！我们很好，我们不需要帮助，我要吉赛尔和我在一起！"但我不能说。我的确需要帮助。吉赛尔需要一个不用上下楼梯的地方，而我现在也不可能另租一套公寓（我已经研究过这一方案，但并不可行）。瑞贝卡提醒我说："每个人都有需要帮助的时候。"

"但你确定不会给他们带来不便吗？"我问。

瑞贝卡耸了耸肩膀："不可能。他们一直说想养一只狗狗，已经说了很长时间。你对凯特琳有些了解，她和约翰是这世界上最好相处的人了。你不妨再看看，你就会知道。他们俩上班的地方离家就五分钟路，而且他们每天3点就下班了。"我感到一种特别奇怪的混合情绪涌来，既有宽慰，又有欣喜，还有悲伤，但片刻之后，又不觉得意外。不管怎样，吉赛尔总是能对人们施展它的魔法让大家喜欢它，瑞贝卡也总是有办法能让一切事情都变得顺利。而就在我觉得自己正在逃避的时候，我的逃避却最终带来了事情的解决。最起码，暂时是解决了。

　　我们沿着新罕布什尔州朴次茅斯的一座大桥驶进了基特里，这是缅因州一个很简朴的海边小镇。基特里看起来很像我小学二年级时画笔下的世界：房子外面都围着尖桩栅栏，房顶都是尖尖的三角形。我和瑞贝卡一边开车，一边指着外面的景色不断赞叹：那些漂亮的灰色岩石如何沿着海边排成一列，那些涂着条纹图案的灯塔如何与明亮的蓝天形成对比，以及透过窗外高大的树木看到的蓝色大海又是如何如何。从海面上吹来的微风掠过时，我觉得肩膀一下子轻松了。几个星期以来我第一次深深吸了口气。后座上的吉赛尔又进入了傻瓜模式，咧着大嘴高兴地笑着。我们把它抬出汽车后，它直接走到草地上欢快地打起了滚儿，看起来它的腿并不是很疼。

　　基特里有两三家酒吧，一家叫里尔的小餐馆，一家原料都来自当地的肉店（店主非常爱狗），一个迷人的图书馆，和无边无际的大海。凯特琳和约翰住在开心大街，他们的房子很像森林小木屋，深色的木头配以绿色的百叶窗。房子后面有一个用篱笆围起来的小花园，一棵木槿树正开满了粉色的花朵。刚走近前门，我就看见了窗子里的多肉盆栽和从天花板上垂下长长藤蔓的植物。凯特琳和约翰在门口迎接我们。凯特琳跑过来拥抱我，她拥抱了我很长时间，让我觉得她很理解这段时间我和吉赛尔经历的一切。约翰一看就是那种脾气很好又喜爱户外活动的男人。他看见吉赛尔的时候，脸上兴奋得发亮："你怎么样啊，吉吉宝贝儿？"他笑着赞叹它有大将一般的风度，等它摇着尾巴慢慢走到他身边，它的体形和个头也着实让他吃了一惊。

约翰很快就与吉赛尔成了朋友。他身材高大魁伟，但吉赛尔一点儿都不戒备，这不禁让我觉得有些惊讶。他俯下身去摸它的耳朵时，它就把下巴搁在他膝盖上。等他们领我们进了屋，我环顾四周，就能够确认一点，他们既会做事，又懂生活。他们的烤箱里烤着面包，等吃的时候再配上自己熬制的果酱。洋苏草的香味飘过客厅。四周静悄悄的，听不到任何噪音。这里没有汽笛声，没有喊叫声，没有拥挤、喧闹的人行道。一切都是那么宁静。

吉赛尔爬上沙发，舒舒服服地待在上面。我们都围在它身边，揉揉它的耳朵，摸摸它脖子下面耷拉着的皮毛，夸赞它是这世界上最漂亮的狗狗。它高兴地用尾巴不断拍打着沙发垫。后来凯特琳和约翰要带我们去看他们从共享农场摘回来的新鲜蔬菜，问我和瑞贝卡想吃什么。"就待在这儿，吉赛尔。"我对它说，想让它休息一下腿脚。我们在厨房聊天，出来时发现吉赛尔不见了，我感到一阵恐慌，但心里又想着它应该走不了多远。我们四处找它，最后发现它在卧室，它自己爬到了他们床上。

他们根本不介意。"很好，宝贝儿！"他们说。他们抚弄着它的耳朵，轻声对它说话，亲昵地喊它"吉吉"。我知道把吉赛尔留在这儿是个正确的决定。"这里是基特里度假营。"瑞贝卡说。她看见我眼里充满了泪水，握住我的手安慰我说："没关系，只要你愿意，咱们下个周末再回来看他们。"

两三天后，我深吸一口气下定了决心，把吉赛尔的恐惧清单、服用的药物、食物等向凯特琳和约翰详细解释了一遍，拜托他们一定别让它走路，因为只有这样它才能好得更快。然后我再一次谢过他们，迅速抱了抱吉赛尔，就和瑞贝卡走出门去。

11
发现肿瘤

该发生的还是发生了。电话！电话！吉赛尔在缅因州和凯特琳以及约翰在一起。我错过了那天早上的马拉松资格赛。我跑步回到公寓时，发现有三个未接电话，一条语音信息。我顾不上换下跑鞋，就站在客厅里拨了那个号码。电话响了两声后，通了。

"嗨，劳伦。"凯特琳接了电话，她说我名字的时候声音变得很轻柔。

她说他们正在朴次茅斯那位兽医的诊所。他们之前了解了这位兽医的资质，觉得他很可信，所以推荐给我。他的名片已经在我钱包里放了好几周，每次拿地铁卡的时候都能看到。

"吉赛尔一早上都不好，"她接着说，"它刚睡醒的时候看着就很难受，我们觉得最好今天就带它来诊所看一下。我们不想等。"我点了点头，向她道谢。之后那位兽医的声音从电话里传来。

"嗨，劳伦，我是马修森医生。"他说我名字的时候声音也变小了。

"您好。"我小声说。

"我们——"他清了清嗓子，"我们很遗憾在吉赛尔身上有这种发现。"我站在窗子旁边看着下面的狗狗乐园。周末的乐园里狗狗很多，它们都正欢快地跑来跑去，我却紧张得全身发僵。

"但是吉赛尔患了骨肉瘤，也就是原发性骨癌。"

事实就是这样。

"很抱歉你不得不接受这样的结果。但不管是谁都没办法更早诊断出这种病。尤其是大型犬，有时需要更长时间才能显现出症状。"他停顿了一下，应该是等着我有所回应，但我什么都没说。

"有这种发现，我们真的非常遗憾。"他又一次说道。

我痛恨把"发现"这个词汇用在疾病上。跟在"发现"后面的都应该是美妙的事物，比如埋藏的珍宝、林间的瀑布、隐蔽的深水潭。但我觉得这个"发现",却像在泥土深处找到一块陈年的骨头。造成吉赛尔跛脚的癌症其实一直都埋藏在它身体里,这位兽医现在终于把它挖出来了而已。马修森医生提醒我说这种疾病"在大型犬类身上很常见"。他告诉我癌症只会继续发展,一直以来都是如此。癌细胞会不断复制,侵害吉赛尔的身体。最终它会取得控制权,把吉赛尔带走。它带走我的大狗的过程就是这样。

"很不幸,这是一种犬类的侵害性恶性肿瘤,转移率很高。"他叹着气说,"但我们仍然可以采取一些措施,主要有两种。"

马修森医生继续冷静地说,可以对吉赛尔的左后腿做截肢处理,把病灶切掉。截肢完成后,吉赛尔要进行大剂量化疗。到那时候癌细胞很可能已转移到吉赛尔的肺部,它生存的概率仍然很小。而且这么做吉赛尔要遭受巨大的痛苦,所以他不建议对这么大的狗狗采用这种方式。

另外一个方案就是保守治疗,以控制疼痛、减慢骨流失为主。治疗方法是每个月通过静脉留置导管滴注氯胺酮,同时服用大量的止疼类药物,就是它已经在服用的这些。采用这种方案吉赛尔可能还有两三个月的时间,不过这很难说,也可能只是几个星期。马修森医生说那个"时刻"即将来临之前,我是能看出来的。

　　我早知道这样的一天会来，我只是没有办法为它做好准备。这就像你在某个冬日要跳进大海游泳，你知道水很凉，但你还没做任何热身练习，就一头扎了进去，海水立即包围了你，你只觉得冰冷彻骨。我从没有预料到这个消息对我的打击是如此沉重，它让我无法呼吸，让我感觉到自己不能也不想再坚持下去了。我失魂落魄地坐下来，不停地哭泣。

　　我不知道自己坐了多久，又哭了多久。我开始感到愤恨，恨自己不能在这个时候陪着吉赛尔；恨命运要让我的吉赛尔、我最忠实的伙伴遭受痛苦并将离我而去。我对那些兽医更是感到无比愤怒：他们如何敢说那可能只是韧带撕裂而让我抱有无限的希望！我对自己也感到无比愤怒，居然就相信了"可能是韧带撕裂"这样的鬼话。我仍然自责，我自问，能为吉赛尔做的事我都做到了吗？其实马修森医生刚才也试图让我觉得好受些，他说即使我们更早去做检查也没什么用处，癌症那时应该还没有显现出来。他说了好几次他很抱歉。他还说吉赛尔"坚忍并且坦然"，我知道我的吉赛尔是这样，但同时我也为此而更加难过，在过去的三个月里，我勇敢的吉赛尔到底默默忍受了多少痛苦呢？

　　想到这儿，我不再生气了。我立即行动起来，急匆匆打开笔记本电脑开始搜索离开这个岛的最佳方式。从港务局总站坐大巴车？租车？或者坐火车到波士顿在那儿租车？我看着电脑屏幕一角显示的时间：12：30，12：31，12：32，它每变一个数字，我的焦急就增加一分。眼泪不停地掉到键盘上。时钟的每一声嘀嗒，都意味着吉赛尔在这世界上的时间又减少了。

　　这时我的手机响了。是爸爸，打电话来询问日常情况并且看看我比赛进行得怎么样。我满眼泪水，几乎看不清楚屏幕，话也说得语无伦次。

　　"放松点儿，伙计。"他安慰着我。

　　但我不能放松。没有时间了。

　　"不。我现在必须得到吉赛尔那儿去。我错过了那该死的比赛。我打算租辆车或者别的什么。"我抹了一把鼻涕，"它需要我。"

　　"真为吉赛尔难过。我知道你想立即出发到它身边去。但是弗妮，吉赛尔并不是刚刚知道它得了癌症。明白我什么意思吗？这对吉赛尔来说不是什么新闻。在它所理解的生活中，今天的它和昨天的它完全一样。伙计，它是一只狗狗。其实它一直就有癌症。也许吉赛尔早就知道了，你觉得呢？我们也不是没想过这种可能，你曾经跟我说过你觉得是非常严重的问题。"我一边听着电话一边努力地想深吸一口气，但我做不到。我又痛哭起来。爸爸建议我再多咨询几位兽医，看他们对于下一步有没有别的建议。我还有时间做一个合理的计划。我不必即刻就租辆汽车出发。他说如果我愿意的话他可以在纳什维尔照顾吉赛尔。

我打电话给康纳，把这个坏消息告诉他。他正在城外工作，在迪士尼乐园。"我们知道检查结果了，吉赛尔得了癌症，它没有多少时间了！"我呜咽地说。他听不太清楚我说什么，他正往奇幻王国里面走。我一直到现在都记得当时我格外伤心，因为他在世界上最奇幻的地方，而我在最糟糕的地方。"哦，真是糟透了，我很难过，劳伦。你要去那儿吗？唉，可怜的吉赛尔。"

"我在努力！我在想办法！我不知道该怎么办。""给你的上司打电话，她能理解，她也爱吉赛尔。去吉赛尔身边，你会感觉好一些。"我真希望他能在我身边。那一刻我无比想念他，让我觉得我是真的爱上了他。"你能告诉吉赛尔在我心目中它是世界上最好的狗狗吗？"我跟他说我会的。

挂断电话，我重重地坐在深色的木地板上，看见沙发下面还有一团一团的狗毛。我知道爸爸说得有道理：不要那么急躁，别忘了自己还有工作。我也知道康纳的建议是对的：给上司打电话，然后到吉赛尔身边去。

那天我拨通了上司的手机告诉了她这个坏消息。她对我说我需要做什么就尽管去做。（谢天谢地，她这么爱我们的办公室狗狗。）周一早上我去上班，打算把手头的事情处理一下。但坐在办公桌旁时，我神情恍惚，眼泪不停地掉在键盘上。同事们都不明所以地看着我。于是我整理了自己的物品，给上司写了一封邮件，向她说明目前我不能再在纽约待下去了。随后我就跳上了开往朴次茅斯的大巴车。我需要去吉赛尔身边。我需要去吉赛尔身边然后带它去看大海。它还没有见过，那波浪是如何猛烈地拍打着海滩。

下午的大巴车上，只有我和司机两个人。这样很好，因为我大部分时间都在哭泣，而车载电视里一直在播着电影《七宝奇谋》。你有五个小时的时间在车上哭呢。我通知自己。五个小时？我立刻觉得五个小时太长了，我需要停止流泪。我闭上眼睛，把头抵在车窗玻璃上。当我再睁开眼睛向窗外看时，我看见了不断飞快后退的树木以及临海的那些小镇，我不禁想起了和吉赛尔一起跑步的那些时光。冬天时沿着东河，秋天时穿过中央公园，还有夜里在大学校园的图书馆旁，那时我还是学生，而生活只是看起来艰难而已，可惜当时我并不知道。

现在我面对着这个事实。就是这样。我们的赛跑结束了，它再也不能够奔跑。我不相信地摇了摇头，眼睛盯着窗外。我必须想出一个办法，能够让一只脚不断地放到另一只前面。于是，我做了 25 岁的我能想出来的唯一一件事情：从小包最下面找到一支钢笔，从双肩包里掏出我的日志，迅速翻到某日为它添加了标题"吉赛尔的愿望清单"的那一页，写了起来。

我背着双肩包和绿色桶包站在朴次茅斯的汽车站，等着我租的那辆亮红色的经济型尼桑车。送车的小伙子是个穿着一身黑色套装的帅哥，他问："这个够你用吗？"我看了看后座。

"这车小了点儿，不过你大概也不需要特别大的空间。"他提醒道。

我没跟他提到马士提夫大獒，但他也是对的，我和吉赛尔从来也没需要过特别大的空间。

"这个够用了。"我说，接过车钥匙，加大油门开出了停车场。到基特里只有 10 分钟车程。我把车停在凯特琳和约翰房子前面的马路上，他们已经跟我说过他们这会儿还在上班。

"吉赛尔！"还没走到前门，我就迫不及待地大声喊着它的名字。开心大街上是如此安静，我在门外就听见了它用尾巴拍打地面的声音。我从门垫下摸到他们存放在那儿的钥匙，打开门进屋。吉赛尔正在客厅里它的狗狗小床上。小床是凯特琳和约翰用几层蛋形床垫为它做的，上面铺着那张它最喜欢的红色羊毛毯。它慢慢地抬起身子。在它完全站起来之前我迅速跑过去，跪在地上，用双臂搂住了它的脖子。"我来了，吉赛尔！我来了！"接着我又轻声说，"我来了，宝贝儿。没事。我们都好。"它把两个前爪放在我前胸上，把我推倒在地，然后用它那长长的、粗涩的舌头舔着我的脸，直到我坐起来仔细打量着它。我想当然地以为它会和以前完全不同——病恹恹的，快要死了的样子，但它并不是。它的尾巴有力地拍打着硬木地板，它轻轻咬着我的鼻子，它看起来……和以前一样。尽管我告诉自己不要哭，但泪水还是不听话地一下子涌出眼眶。我又一次紧紧地抱住吉赛尔。它的头靠着我的头，我把脸埋进它软软的毛发中。我不想放手。有一天我将不得不放手，但不是今天。今天我们还有事情要去完成。

Part 2
愿望清单

12
秘密码头

　　吉赛尔的愿望清单上有很多项目等待着被划掉，但那天我想完成的第一个项目没有别的，只有"去海滩"。我一直想和吉赛尔一起去看大海，觉得它可能会喜欢站在那巨大的水域前，它会感觉到自己的渺小。更何况，大海边没有令它害怕的公共汽车。那里只有阳光、沙子、蓝绿色的海水，以及波浪。波浪。

　　我们在一个叫福斯特堡公园的地方发现了一片允许狗狗进入的海滩。我为吉赛尔准备了一个沙滩包，往里面装各种用品时，就像一个神经质的直升机式妈妈①。水碗、充足的水、沙滩巾。装

---

① 直升机式妈妈（helicopter mom）、直升机式父母（helicopter parents），是美国 21 世纪初开始流行起来的词语，指过分关注孩子（尤其是教育方面）的家长。他们总像直升机似的在孩子头顶盘旋，密切注意着孩子的一切。

好了！葡萄糖氨、加巴喷丁、卡布洛芬、曲马多，装好了！还有从缅因肉店买的鸡肉、它的狗骨头和红绳结玩具，都装好了。接着我又收拾自己需要的东西：相机、日志、三明治。

我把车尽可能停在离沙滩近的地方，然后吃力地背着一大堆东西乌龟般缓慢地走出停车场。我也不想加快速度，不想让吉赛尔因为要跟上我而走得太吃力。那天它的跛脚并不是很明显，但兽医曾经嘱咐说，它的两条后腿都需要特别注意。左后腿肯定会越来越无力，如果它为了迁就左腿而再伤了右腿的话，那就无能为力了。

我们走了十几码，到了一小片很僻静的夹在一些岩石间的沙滩。我把东西放下，环顾四周。福斯特堡公园很美，向我们正前方看，远处有一座古老而破旧的灯塔，沙滩上散布着巨大的黑色岩石，游人不多，在海天相接的地方有一条漂亮的蓝色长线。

"吉赛尔，快看，这是什么？这就是大海！看到大海了吗？"我指着大海对吉赛尔说。

我慢慢走进水里，吉赛尔蹲在几码外我们的小营地那儿看着我。"过来，吉赛尔！过来，宝贝儿！"我哄劝着它，手指在水里划来划去。海水很平静，也不太凉。吉赛尔看了我一会儿，终于向我走过来，中间还停下来闻了闻空气里的味道。"快来，宝贝儿！你可以的！"它慢慢低下头研究着那海水，尾巴还夹在两腿间，可能在想着这个无比巨大的水缸放在这儿是干什么呢，它为什么还一直在动呢？它小心翼翼地走近了一点儿，但这时一波很小很小的浪涌上海滩，只是像挠了一下它的前爪，它就吓得瞪大了眼睛，转身撤退。我无奈地摇摇头，还是那个胆小的吉赛尔。等浪退去，它又试着走上前来。就这样，退后，向前，退后，向前。第四次尝试的时候，它一直看着我，我冲它拍拍手，"加油，吉赛尔！加油！"它走得越来越远，最后终于站在了水里。我伸出手为它鼓掌，"好孩子！好样的，吉赛尔！你做到了！"我欢呼着，而它站在那儿，喘着气，微笑着，后来甚至还尝了一些海水。

我们就那么站了几分钟，欣赏着阳光下波光粼粼的海面。我不知道吉赛尔是否感觉到自己的渺小，但我感觉到了，而且烦恼全无。就在此刻，站在大海面前，我不需要处理任何事情。尽管是那个可怕的事实把我们带到这儿的，但我仍然能和我最好的朋友在别人都必须工作的日子，待在这海滩上，让脚趾钻进湿漉漉的海沙里，这样的时刻，还有什么烦恼可言呢？

走回我们的小营地时，吉赛尔不停地甩着身上的水。我吃了三明治，把药卷在一些从缅因肉店买的火腿和其他肉食中喂给吉赛尔。我用一些贝壳把吉赛尔的名字写在沙滩上。我们还小睡了一会儿。大概一个小时之后，我们很小心地返回到停车的地方，我搂住吉赛尔的腰把它抱起来放到后座上。我做得很随意，就好像我们一直这样上车似的，我不想让它觉得难堪。把它抱起来的时候我在心里暗暗给自己加油，三、二、一，起！然后我爬进驾驶座。我身上到处都是狗毛，皮肤上留着盐渍，头发里进了沙子。我拿出日志本，找到"去海滩"这一条，将它划掉。我和我最好的朋友刚刚完成了一件我一直想做的事，而且看起来它很开心，我于是觉得很幸福，觉得很有成就感。

我们的冒险继续进行。随后一周我们的主题是"发现缅因"。我和吉赛尔发现了世界上最好吃的龙虾卷（在肯纳邦克的海鲜小馆 Clam Shack）和最好吃的甜甜圈（在韦尔斯的康登甜甜圈店 Congdon's Doughnuts）。我们在弯弯曲曲的公路上看着海景兜风，在古董商店里细细观赏，特别注意着不要撞翻东西（吉赛尔），也不要被那些"藏品"蒙蔽（我）。我们故意不看路线随心而行，我们遇到了山羊和小鸡，还坐在一个花园里看蝴蝶。我忙着为吉赛尔的清单项琢磨新内容，试图创意出一些不需要走路的事情。在这样的忙碌中，有时我确实会忘了将要失去它的痛苦。

开车返回基特里时，我从后视镜中看见后座上的吉赛尔。它四肢伸展地卧着，把鼻子抵在车窗边上，安静地看着外面不断掠过的草木。我阻止不了心中的担忧，总在想着它还有多少时间。一周？还是一个月？如果它觉得很疼但又不能向我诉说怎么办？我如何才能知道什么时候该放手让它离开？它在服用止疼药，每个月都注射一剂氯胺酮，但是，它觉得还好吗？我脑子里充满了各种不确定，但最终它们都会归结为一个最残酷的必然：我就要失去吉赛尔了。

天上的云变成了灰色，看来一场暴雨将至。我意识到我没办法让那些讨厌的担忧停止，而且它们已经变本加厉地蔓延到那些根本还没有发生的事情上，甚至那些可能永远也不会发生的事情上。如果吉赛尔把它那条好腿摔了怎么办？如果妈妈喝醉了伤到了别人怎么办？如果我的上司只是表面上说没关系但实际上因为我耽误了工作而恨我怎么办？如果吉赛尔明天就会死怎么办？我给吉赛尔列了愿望清单觉得它这样就能"活在当下"？但难道它现在不是活在当下吗？这可真愚蠢。我真是愚蠢透顶。

我一直开着车，直到路边一座老房子上的标牌吸引了我的注意，牌子上写着：弗雷斯比 1828 市场，美国最古老的家庭商店。这时雨已经停了，我掉转车头开到商店门口。吉赛尔的清单上有一项是"吃冰激凌"，也许现在是个合适的时间。我走进商店，买了一杯一品脱装冰激凌。我站在弗雷斯比的牌子下，正想着该带吉赛尔去哪儿享受这本 & 杰瑞香草冰激凌的时候，突然注意到这家商店后面有一个木制码头。一束阳光正洒在木板上，使它显现出温暖而诱人的金色。为了让吉赛尔少走些路，我先返回汽车，然后沿着一座小山的小斜坡开到了停车场。我帮助它慢慢下车。海风亲吻着我们的脸颊，暖暖的，带着一丝咸味。

我们来到那个码头，几条渔船轻轻地撞着码头边缘发出"嗒嗒"的声音，海鸥掠过水面向着地平线飞去。我迈上厚重的木板，吉赛尔跟在我后面，脚指甲踩在木板上咔嗒作响，它的左后腿稍有拖拽，所以它走路的节奏听起来比以前慢了一拍。虽然这只是一个藏在美国最古老的家庭商店后面的小码头，在我眼里它却神奇而又迷人，我甚至觉得说话时要低声耳语才能与它相配。

我在木头上坐下来，吉赛尔"扑通"一声卧在了我旁边，它的下巴高高抬起，整个姿势就像一尊狮身人面雕像。我把冰激凌杯外面的塑料纸撕掉，揭去杯盖，吉赛尔则非常期待地盯着我。我用白色的塑料小勺挖起来一块，然后看了看吉赛尔，它正带着它一贯的充满渴望和决心的表情看着那一勺冰激凌，似乎只要它盯的时间够长，这冰激凌就会奇迹般地变成它的。我拿着冰激凌在它面前挥了挥，它的脑袋也跟着那杯子向前或向后，同时还不停地舔着嘴。"你想吃吗，宝贝儿？你想——想——想——想吃吗？"

它兴奋地用尾巴在木板上拍打了一下。

手里拿着冰激凌看着吉赛尔的时候，我又想起我的那些担忧，它们是多么沉重。接着我又想到此刻，此刻是多么轻松愉快。我的那些担忧在此时此刻能起什么作用呢？恐怕唯一的作用就是不让我高高兴兴地和吉赛尔待在这码头上。于是，我礼貌地请那些担忧暂时走开，我要珍惜我和狗狗在码头度过的这宝贵的一刻。这一次，那些担忧顺从了我。这并不是说我突然就进入了那种大彻大悟的瑜伽式的宁静，但最起码有大约20分钟的时间，我没有迷失在我的胡思乱想之中。我全心全意地享受着"现在"。

我把冰激凌杯放在吉赛尔两个前爪中间。它立刻就低下头，用长长的、不太灵活的舌头吃起来，其间还不断调整嘴的角度以便对准那在木板上打转的杯子。我忍不住大笑起来。就在这码头上，看着龙虾船慢慢驶过，看着吉赛尔啧啧地吃着冰激凌时，我流下了幸福的眼泪。

　　我让它自己痛痛快快地享用了一会儿，拍了几张照片，然后就握住冰激凌杯让它继续吃完。现在我和吉赛尔有了一个新的秘密地点，就在缅因州的海岸边、美国最古老的家庭商店的后面。我用勺子舀上来一些冰激凌抹在它鼻子上，它立刻就舔走吃掉了。"好吉赛尔。"我大笑着说。

13
狗狗清单

　　也许为一只狗狗列愿望清单是件特别可笑的事。也许吉赛尔根本就没有什么临终遗愿。也许吉赛尔甚至不应该吃本＆杰瑞冰激凌。某个生气的男人曾对我说，为一只狗列愿望清单就是自私的表现。"这清单全都是跟你有关的！"他大声嚷道，"狗的愿望清单无非就是为人列的而已！"

　　也许他说得有些道理。我马上想到了我经常给吉赛尔买的乔氏狗狗饼干。这种狗狗零食有各种形状，比如汽车、鞋子、消防栓、松鼠，等等（都是"狗狗喜欢的东西"）。每天我都会看着吉赛尔问它："嗨，今天你喜欢哪个呢？沙发？还是松鼠？"但某天转念一想，这听起来确实可笑。吉赛尔根本就不知道这些形状是什么。松鼠形状的狗狗饼干之所以要做成松鼠形状，是为我，不是为吉赛尔。也许一切说到底都是为人类（狗狗只是一个很积极的参与者而已）。我知道吉赛尔没有能力写愿望清单，吉赛尔是只狗，狗不会写字。

但有时我愿意把吉赛尔想象成会写字的狗狗。我觉得，如果我说："嗨，吉赛尔！写一下你的愿望清单，好吗，宝贝儿？把你一生中想做的事都写下来。"吉赛尔可能会很犯难，因为它想不出自己要做的事。它从来就不擅长做决策。我去哪儿，它就跟到哪儿，我做什么，它就做什么，而且它看起来总是心甘情愿的。吉赛尔很可能是个偷看我的清单然后全部照抄的女孩。

如果吉赛尔按我的清单照抄的话，我的清单上写着：

带吉赛尔去坐船

我一直想让吉赛尔坐一次船。也许是因为我俩都喜欢看中央公园里的独木舟，也许是因为妈妈以前总告诉我世界上真有美人鱼。（所以我才对动画片《小美人鱼》如此痴迷，当然是我年纪还小的时候。）起初我想来一次很大很豪华的，比如那种允许狗狗参加的环热带巡游？或者我们能耍个花招登上巴特雷公园城那些闪闪发亮的白色游艇？但后来我更多考虑到，这毕竟是吉赛尔的愿望清单，对于一只生病的狗狗来说，去海上巡游太过吃力，而且大船的汽笛声比纽约的公交车喇叭更加可怕。另外，吉赛尔在陆地上都走不了多远，我可不想试验它的腿在船上会不会发软，也就是说，它会不会晕船。

后来的某个周末，我和康纳带着吉赛尔去了新罕布什尔州的莫尔顿伯勒镇。我们租了一个看起来摇摇欲坠的老房子，前院有公鸡在散步，后面有一个池塘。我们赤脚站在草丛里，夏日的阳光非常强烈，但已经开始西斜向水面靠近。池塘边的树木枝条低垂，而就在那树荫里，停着一条挺大的塑料划艇。

我头脑里立刻浮现出了一幅画面：康纳划着桨，我们三个坐着小艇在这池塘里慢慢漂荡。吉赛尔喜欢坐车兜风，它怎么能不享受一下水上泛舟时的微风呢？我痛恨它不能再奔跑的事实，乘着小艇在水中滑行是项很适合它的活动，它不用走路，但仍然可以看到新的风景，闻到新的味道。

"康纳，我们得让吉赛尔坐坐那艘小艇。"

康纳看了看我，又把目光落在吉赛尔身上，它正站在我旁边，左后腿悬空，以避免承受重量。

"昨天它连那个烧烤架都怕，你当真觉得它想坐划艇吗？"

"要是我们先坐进去，它肯定也就想坐了。"

我们顺着院子慢慢走过去，发现那小艇完全陷在泥里。上面布满了蜘蛛网，一些六条腿以及八条腿的不知名的生物在里面爬来爬去，整个底部都流满了棕褐色发臭的泥水。

"你确定我们要坐上去吗？"康纳嘟囔着说。我点点头，解释说这都是为了完成吉赛尔的愿望清单。我是用半开玩笑的语气说的，但这件事完全不是玩笑。

"哦，对对对。愿望清单！"他说。接着他又扭头对吉赛尔说，"好吧，吉赛尔，如果是为了你的愿望清单……"他笑了笑，没再说下去。

康纳把双肩包摘下来放在码头上，然后跌跌撞撞走下水去。他光着膀子，头发又脏又乱，与平日穿着职业套装的他简直判若两人。他脸上甚至长出了胡子。我喜欢他这副样子——皮肤黝黑，体格健壮，站在湖滩的烂泥里。我看着他把小艇从黏糊糊的泥里拽出来，准备把里面的脏水倒掉。吉赛尔一直盯着康纳，他把小艇举起来的时候它下意识地躲闪了一下。接着康纳拿起一件很脏的旧救生衣，在小艇里拍打了一通，清掉了一些蜘蛛网和昆虫。他把小艇推到水稍深一些的地方，双手抓着让它尽量稳定。

"劳伦，你先跳上来。喊一下吉赛尔，我把它抱上去。"

按照康纳说的，我先迈进去一条腿，抓起那件救生衣（给吉赛尔当垫子）。然后我冲吉赛尔拍拍手，鼓励它跟上我，我喊它："上来，宝贝儿！"

它闻了闻小艇的边缘，很困惑地看着我。

"上——来。"我拉长声音安慰它。它一开始很犹豫，但很快就抬起了前爪。

"好孩子！接着来！"我把船稳住，而康纳快速地抱住吉赛尔的身体后部把它小心地举起来放到小艇上。它很快就位，蹲坐在我脚上，身子蜷得像个球。接着康纳抓起船桨和双肩包也爬了上来。刚开始我们担心吉赛尔不喜欢小艇，只在码头附近兜兜转转。我和康纳面对面坐着，吉赛尔在我俩中间，看着我。

后来我们慢慢向池塘的另一头划去，吉赛尔扬起头，眺望着远处的地平线，它的耳朵朝前伸着，眼神非常专注。我仔细地看着它，希望它喜欢这一切。这时它原本闭着的嘴张开了，我能看到它的牙齿，它开始喘气，下颌逐渐向上弯，最终弯成了一个笑脸。我知道它喜欢，它喜欢这水上小艇。我和康纳划着桨，带着吉赛尔沿池塘边缘转圈。我们寻找河狸和其他野生动物，听着小鸟儿啁啾，看着几只野鸭和我们并排前行。我们还从一片铺开在池塘表面的睡莲中间穿过，这个季节它们正绽放着美丽的花朵。

"瞧，这多像电影《恋恋笔记本》中的景色。"我想象着吉赛尔这样对我说。它正把下巴架在小艇一侧的边沿上，感受着微风轻轻拂过它的脸颊。

"它喜欢这样！"我情不自禁地对康纳说。我们已经把小艇划回池塘中央，放下船桨，任它在轻轻波动的水流中漂着。

我闭上眼睛，伸展双腿，头向后靠，享受着这临近傍晚时的温暖阳光。康纳则从双肩包里掏出两瓶啤酒准备享用。四周非常安静，这是一种在纽约城任何一个地方，包括夜里的中央公园，都找不到的安静。

吉赛尔把头靠在我大腿上，两只眼睛盯着我。我把手放在它两只耳朵中间轻轻抚摩着它。我全身的每一块肌肉都松弛下来，而我的内心也像变成了一大块黄油，没有起伏，只有平静。我们就这样在池塘里漂了很长时间，直到——

啪！康纳用船桨使劲儿在小艇上砸了一下。

嘭！康纳又砸了一下，声音更大了。同时他还小声咒骂着。

"你干什么？"我喘着气问。吉赛尔扑倒在我身上，它用脚爪刮擦着小艇的塑料底面试图站起来时，小艇开始晃动。

"蜘蛛！"康纳大声喊着，抬起脚踩在小艇上。他快速踩了好几次，就像在玩疯狂打地鼠。"该死！没踩到！可恶！又没踩到！"

吉赛尔还在乱蹬，我们剧烈地左右晃动着，本来平静的池塘开始波浪起伏。水从小艇一侧涌了进来，啤酒瓶也倒了。

"停止！快停止！"我冲康纳大吼。我用手护住吉赛尔，防止我们掉到水里。我可不希望"游泳"出现在吉赛尔的愿望清单上，我也不希望"从池塘里营救瘸腿的马士提夫"出现在我自己的清单上。

"你吓坏吉赛尔了！"我尖叫起来，"你吓坏吉赛尔了——啊呀！啊呀！啊呀！蜘蛛！蜘蛛，蜘蛛，蜘蛛。一只屁股特别大的蜘蛛！噢，天哪。它在吉赛尔身上。在吉赛尔身上！噢，天哪！"

那只蜘蛛长得很肥，个头有胡桃那么大，而且它身上还长着毛。它在吉赛尔背上爬得飞快，还跳了几下。"该死！该死！该死！"我抓起救生衣，在吉赛尔背上到处乱拍，试图把蜘蛛打掉。

"对不起，宝贝儿！对不起！对不起！"我喊着，最后终于打到了那只蜘蛛，结束了这家伙的性命，它掉在小艇的侧壁上。康纳松了手里的桨，开始擦洒在腿上的啤酒。我大口呼着气。吉赛尔向四周看了看，又回到之前的位置，很快就放松下来。它把下巴放在我膝盖上，又开始微笑着喘气，就好像什么事都没发生过似的。我放下救生衣，看见那只蜘蛛曾经匆匆乱爬的腿被砸到了小艇的另一侧。我感觉糟透了。"咱们从坐上划艇到现在，应该足够完成吉赛尔愿望清单上的这一项了吧。"康纳提议说。我点点头。我忍不住又看了一眼那只蜘蛛，希望"和马士提夫一起坐划艇"是它愿望清单上的一项。

两三个星期后，也许再晚一些，瑞贝卡又从纽约来到基特里营地，想帮助吉赛尔完成清单上更多的项目。她的爸爸妈妈也特意从斯托开车赶到了基特里。

我走到基特里的缅因肉店，挑了一大片闪着光泽的牛肉——是一片厚厚的、红白相间像大理石一样的肋眼牛排，边上还带着一条窄窄的肥肉。坐在柜台后面的女店主已经很熟悉吉赛尔的食谱，她说我"不会把这块18盎司重的完美牛排搞砸的"。我希望她"不会搞砸"的预言是对的，因为我的厨艺……怎么说呢？如果往外卖的拉面里加"如此辣"辣酱或者在烧水壶里煮藜麦算烹饪技能的话，那我的厨艺还有那么一点点值得期待。我把牛肉从白色的包装纸里拿出来，告诉吉赛尔这是专门给它准备的，完全不用担心别人来争抢我这块首秀的煎肋眼牛排。这时"观众们"也都来厨房等着看我一展身手了。

我打开炉子，它发出一连串可怕的咔嗒声之后才"嘭"的一下着了。我先把一小块黄油扔进铸铁锅，再把肉抛进去。咝咝咝！

牛排在锅里不停作响。我等了一下，然后大概每隔 15 秒就翻一次面，跟烙煎饼差不多。但不知为啥，我的第一块肋眼牛排看起来和爸爸在田纳西家中后院里煎的那些完全不一样，他做的牛排上都有漂亮的菱形格纹，而我的这块更像是夹在汉堡中的碎肉饼。厨房里弥漫着烤肉的味道，吉赛尔靠着我的腿蹲坐在地上，鼻子蹭着操作台，耳朵向前伸着，目不转睛地盯着煎盘，就好像担心那肉会长了腿突然跑走似的。

我关上炉子，用手指戳了戳牛排，拍了一下吉赛尔的头，对它说："基本上好了，宝贝儿。"煎好的牛排呈棕色，从表面的裂缝能看到里面粉红色的肉，血水的量看起来恰到好处。"五分熟可以吗，宝贝儿？"它的目光仍然没有挪开。好的，五分熟正合心意。

我用锅铲把牛排铲起来放到盘子上。瑞贝卡站在我后面，下巴搁在我肩膀上，欣赏着我的杰作。她盯着那牛排几秒钟，等我扭头看她时，我俩都轻声笑了。

"吉赛尔，她可是特别卖力地在做这块牛排，知道吗？"她说着，拍了拍吉赛尔的头。

"没错，吉赛尔，"我对它说，"这不是牛排馆做的牛排，不是康纳从米其林星级餐厅打包回来的，也不是爸爸做的那种，但这是我特别努力做出来的。我专门为你做的。"我从厨房出来走到后院，吉赛尔和我们"新家庭"的其他成员也都跟了过来。

我赤脚站在草地上，用端托盘的方式把那盘牛排托在前面。这时我突然想到我们还没决定怎么喂给吉赛尔吃，是切成小块呢，还是就这样一整块给它？我们走回屋子又走出来，我们想象着吉赛尔就像叼着一个小野生动物似的把一整块肉叼在嘴里，先甩动几下，再把它撕扯成一条一条，尽情享受那汁液横流的美味。我们还是一整块给它吧。于是"观众们"都找好了位置，有的举着iPhone 手机，有的举着照相机。我提着那块 18 盎司的牛排在吉赛尔头上晃了几下，它张开嘴，棕色的眼睛瞪得很大，露出了很多眼白。

"好啦，宝贝儿！"我满脸笑容地说，"它来啦……"我松开手指，那块肉就像一块石子掉进了井里，立刻就不见了。原来吉赛尔嚼都没嚼一下，直接吞下了牛排，就像吞一片泰诺那么简单。一时间我们都呆站着没有说话，接着吉赛尔的观众们才慢慢放下相机。瑞贝卡好奇地伸长了脖子眯起眼睛看着吉赛尔。我想象着那块牛排像一个内胎，先是顺着弯曲河道一路向下，然后就漂浮在吉赛尔的肚子里。而吉赛尔呢，它抬头看着我们，眼睛里充满了急切和渴望，似乎在问："我还能再来一口吗？"

14
秋叶飘零

按照兽医最初对病情的预测，吉赛尔可能挨不到秋天。但幸运的是，10 月来到了，它仍然在享受生活。实在难以相信，去年万圣节时我还在琢磨着狗狗游行的新造型，我们要让龙虾吉娃娃知道谁才是老大。今年的万圣节我却把心思都花在愿望清单上了，我们要让癌症看看到底谁是老大。万分庆幸的是，吉赛尔依然在我身边。

一个朋友提议说："让吉赛尔当一天消防犬！"拉响警报？戴着大帽子的壮汉？开得飞快、横冲直撞的卡车？算了，还是不要把这些最可怕的噩梦列在吉赛尔的愿望清单上吧。

"狗狗瑜伽怎么样？也就是你和你的狗狗一起做瑜伽。"哇！

但是摆什么样的体位好呢？

　　"带它去小型狗狗乐园，让它做真实的自己，当一天狗老大。"
我们以前去过一次，那些吉娃娃都要气疯了。

　　"跳伞呢？"嗯……这算是极限级别的"把头伸出窗外"吧。
尽管我很想让吉赛尔体验一下，但……不行。

　　"烤牛排？"完成！

　　"网飞①电影之夜？"完成！

　　"像动画片《小姐与流浪汉》中那样同享一份意大利面！……
举办一场舞会！为吉赛尔找一条男狗狗！"完成！完成！完成！

　　一天我收到了爸爸的短信。

　　"要不要和祖父一起赏落叶？ LOL（爱你的）老爸。"

　　爸爸仍然不知道"LOL"的意思，不过他对吉赛尔的感情，自
从它成为"那条大狗狗"以及那场由于妈妈管教不严而导致的
"寄养撒谎事件"之后，就突飞猛进并越来越深厚了。鉴于爸爸已
经有一段时间没来看望我，而且吉赛尔是色盲，不能像我们一样
看到红色和黄色，所以我怀疑他要一起赏落叶的提议不全是为了
吉赛尔。但不管怎样，我都觉得"秋日赏落叶"对吉赛尔的愿望

① 网飞（Netflix），一家美国公司，提供网络流媒体服务，比如影片、电视剧等的
在线租赁等，其自制剧如《纸牌屋》等也非常成功。

清单来说是一个完美的添加项目。爸爸订了从纳什维尔到纽约的航班，抵达后不久，我们就开车带着吉赛尔离开基特里营地，沿着缅因州的海岸一路行驶。

妈妈和爸爸已经正式离婚，没有什么事能比这个消息更让我感到宽慰了。我见过朋友的父母，他们总是很愉快，常常大笑，或者一起懒洋洋地靠在沙发上看电影，而我的父母，我从没有见过他们这样。我知道他们相处得很不和睦。上大学时，每当妈妈酗酒闹事，我都会直截了当地问爸爸："你不能和她离婚吗？"爸爸总是告诉我事情远没有那么简单。他会提醒我他们也曾有过幸福的时光，只是我可能不记得了。但最终他们还是决定离婚了，在结婚 28 年分居 5 年之后。而我并没有因为他们离婚而觉得多么不安。

后来爸爸与其他女人约会的事情，我多少知道一些。他前段时间刚去圣巴巴拉看望过爱瑞丝。爱瑞丝向我汇报说，爸爸一直在自拍并把照片发给一个叫琳达的女人。特里普、珍娜、爱瑞丝和我在互发短信讨论爸爸约会这件事时都觉得他很有意思："爸爸？在约会吗？一个叫琳达的女人？"仿佛他只应该是我们的爸爸，除此之外没有别的身份。我们一方面为他高兴，一方面想到他和别的女人在一起还是会有些别扭。爸爸离开妈妈后开始了新生活，有时我甚至嫉妒他可以和妈妈离婚，从此与她再无瓜葛，并且找到新的爱人；有时我希望自己也能忘记妈妈，但其实我根本做不到，我仍然会因为她觉得受伤、觉得生气、觉得不解，而且我特别、特别想要她回到我身边来。

爸爸做事总喜欢预先安排妥当，尤其在"今晚我睡哪里"这样的问题上更要心里有数，但那天我们并没有预订住宿的酒店，这对他来说实属罕见。缅因州正进入旅游淡季。我们在内狄克海角转过1号国道的弯道时，我注意到旁边有一条车道，尽头处是一片白色小屋。这些白色小屋分布在一块空地上，四周都是叶片已经转黄的树木。而最引人注目的，是每座小屋前都有的摇椅以及小屋墙上天蓝色的百叶窗。这儿真像是魔法故事书中才有的地方，而且很适合我的马士提夫：离海洋很近，也没什么游人，最起码我们到的这五分钟里一个人都没看到。我和吉赛尔打开旅行袋，把东西放在折叠沙发上，然后慢悠悠地出门去观赏秋日的树林。

我看到远处那一堆金黄的树叶时，第一反应是跑过去跳到里面，但我不得不抑制住这孩子气的冲动，因为身后那个大家伙看到我跑的话肯定会奋力追赶。我慢慢走过去，吉赛尔紧跟在后面。它的左后腿已经基本不能触地了，更谈不上支撑它的身体。那位泽西口音的兽医说过的发热部位，也就是跗关节处，已经长出了一个很明显的鸡蛋大小的肿块。我想念吉赛尔的脚掌踩在地面上时发出的咚咚声；想念我们在公园里的追逐嬉戏；想念我们一起奔跑奋力向前。但当我们慢慢走进金黄色的落叶堆中，并排站在了一起时，就可以像孩子一样想怎么玩就怎么玩了。

"吉赛尔，准备好了吗？"我伸开双臂，重重地坐在那堆松脆的落叶上。吉赛尔扑通一下扑到我身上。

"好了好了，宝贝儿。这样很好。你可以坐在这里。"我抚摩着它的身体，随后抬头望着天空。一片黄色的叶子从树枝上掉下来，在空中旋转飘舞着。随后一片红色的叶子也掉了。再然后是一片深红色的。

看着不同颜色的叶子缓缓飘落，我在想，怎么还会有这样的事物，在即将永远离开这世界的时候还能变得如此美丽？吉米曾跟我说过，叶子是唯一一种在死亡前仍拥有最美丽容颜的东西，但当我听到身边的叶子堆里发出很大的沙沙声时，我觉得吉米的话并不全对。我朝吉赛尔看去，它刚才已经离开"它的座位"，这会儿正背朝下躺在叶子堆里，肚皮朝向天空，四肢以极其不雅观的姿势伸展着。它的舌头耷拉在嘴的一侧，露出洁白的牙齿，下颌处粘着些树叶，像长了胡子一般。它一边喘气一边微笑，在我眼中，它一直、永远都那么美丽。

第二天，天空中云压得很低，笼罩着整个缅因海岸。天气很冷，起初在下雨，后来太阳出来了，后来开始雨夹雪，后来起雾了，再后来又开始下雨。一天之内如此多变，我们在车上做的事似乎就是开雨刮器、关雨刮器、开雨刮器、关雨刮器……爸爸虽然之前没参与过狗狗的愿望清单，但他很热心很兴奋。我告诉他吉赛尔的清单相当灵活，可以一边走一边添加新内容，而同样的事重复几次吉赛尔也一样高兴。

那家最好吃的龙虾卷，我们就去过很多次，这回和爸爸又光顾了一次。然后还去了我们最喜欢的那片游人不多、有岩石的海滩，爸爸又玩起了自拍，他拿着 iPhone 手机远远地对准脸，盯着屏幕，然后微笑，而我则试图引诱吉赛尔再次靠近海浪。

"快过来，伙计，我们一起来张沙滩自拍。到这儿来，吉赛尔。"爸爸在岸边招呼我们说。他跪在沙滩上，把手臂伸到我们面前，调整角度让吉赛尔的头进入镜头，然后费力地用手指触碰正确的按钮。我大笑着，故意翻着白眼，心里想着，"和爸爸在沙滩上自拍"，这给吉赛尔的愿望清单又增加了可爱的一项，还有我自己的清单，也一样。

爸爸在车里对我说："弗妮，我发现吉赛尔看你的时候，眼神特别温柔。"

我冲他笑了笑，伸手到后面拍了拍吉赛尔的头。

"它看你的时候特别用心，就好像它是你的妈妈。我以前从没见过哪个动物像吉赛尔看你这样看人。"爸爸接着说他很高兴吉赛尔能在诺克斯维尔和纽约陪伴我，因为他知道这条"大狗狗"会一直保护我的安全。他还说一想到吉赛尔将不能永远伴我左右，他就十分难过。当他提到吉赛尔就要去某个地方时，我感到心头一颤，但我长吁了一口气，手一直向后伸着抚摸着吉赛尔的头，我要关注当下，不想未来。

我们大部分时间都穿行在沿海小镇，欣赏着灯塔，听着乡村摇滚歌手吉米·巴菲特的歌。我们看别人冲浪，喂海鸥薯条，喂吉赛尔薯条，我们自己也吃薯条。我带爸爸去了美国最古老的家庭商店后面的吉赛尔秘密码头。后来我们在肯纳邦克波特附近的一个小酒吧停下车，外面正下着雨，酒吧里的天花板很低，地上铺着红色的木地板，踩上去嘎吱作响。吉赛尔卧在我的吧椅下，我喝着一杯南瓜艾尔啤酒，爸爸点了杯他能找到的度数最低的啤酒。吉赛尔吃了更多薯条。劳伦也一样。

我们开车绕过威尔斯海滩时，在路边看到一座带尖顶的白色教堂，教堂前面有一片南瓜田。当时车子已经开过去了，爸爸又急速掉头返回。我们停下车，带着吉赛尔在毛毛细雨中走过南瓜田，想让它挑选一个南瓜。它不太明白我们的用意，只是在草地上打滚儿撒欢儿，后来它不小心撞到了一颗南瓜上，还把自己吓了一跳。"好，就是这个了！"我欢呼道。那是个没有茎的方形南瓜，皮上沾满了泥，而且有一侧已经烂了。"这是颗完美的南瓜，吉赛尔。"我很肯定地对它说。我把瓜上的泥土擦掉，扔到了我们租的车上。

白天一般都在短时多次的沙滩漫步、蜿蜒公路上的长途行驶中度过，等吃过晚饭，就到了我们共度的晚上，而这才是一天中我最喜欢的时光。我和爸爸坐在小厨房的小桌子旁，吉赛尔躺卧在桌子底下，头放在我两只脚中间。爸爸一般会喝点儿他前一天晚上剩下的螺旋盖装米勒清啤，我会新打开一瓶南瓜艾尔。"玩拉米纸牌吧？"爸爸提议。他把牌分成两沓在桌上洗牌。

他发牌。

我输了。

我发牌。

我输了。

我输了一次又一次。

我两只脚都在吉赛尔脖子的褶皱处蹭来蹭去，它轻轻啃着我的脚指头。"我总是输，吉赛尔！"小灯泡散发出的微光在黄色墙壁上形成了一抹光晕，令人感到无比温馨。我向窗外望去，寒冷的夜正悄悄降临在我们暂时栖身的这个小角落。光秃秃的树枝在漆黑天空的映衬下还能看得出轮廓，仅剩的几片叶子在寒风中颤动。在内心深处我知道，即使吉赛尔能看到冬天，它也看不到春天了。

我们在牌桌前坐了两三个小时，很快话题就转向了妈妈。我很少和别人谈起她。我的妈妈是一个有毒瘾的人，这让我觉得十分难堪。

我告诉爸爸："我生她的气。"我环顾这海滨的白色小屋，妈妈如果清醒的话，她会多喜欢这里啊。"她在失去一切；她在失去她的一生，这太可悲了。"我盯着我的牌，不禁又想到了那些年，那时虽然我自己还是个需要母爱的孩子，却不得不经常为妈妈收拾她制造的各种狼藉。一想到这个，我的心里就充满了苦涩。

我想起带吉赛尔回家的那一天。尽管当时妈妈也在和成瘾症做斗争，但我们仍然是最好的朋友，她仍然在我身边。现在，六年过去了，吉赛尔即将走到生命的尽头。而在这六年时间里，妈妈的毒瘾却越来越严重。直到有一天我突然醒悟，意识到我们再也不能像以前那么亲密了。这些年，妈妈错过了家庭聚会、婚礼、朋友的葬礼、母亲节、感恩节、圣诞节、她的生日以及我们的生日。她经常不在，偶尔就算她在，她也不清醒。有时她只是送些钱或礼物，试图证明她仍然是爱我们支持我们的妈妈。虽然她很大方，但这却不能代替她陪在我们身边。比起物质上的满足，我更喜欢她的陪伴。我不知道将来她是否会出席我的婚礼，或者来看我的孩子出生。我实在理解不了她为什么不愿意好好生活。

每次说到妈妈，爸爸都表现得无动于衷。如果我们想谈一谈她，他也总是听着，不做什么回应。尽管妈妈总说他的坏话，他却从未说过妈妈不好。我知道他的想法，他认为我们不应该觉得自己可怜，不应该总把自己当受害者，我们应该坚强起来并感激所拥有的一切。但是那天晚上，爸爸却和我谈起了妈妈的问题。

他低头注视着纸牌说："如果把妈妈看成是生病了，会不会对你有所帮助？你知道，也许和吉赛尔的病有些类似？"

这当然不是我第一次听到把成瘾说成是一种疾病，但我很难将妈妈视为真正的病人。这么多年来，我看着她用过无数方法——戒断中心、醉驾、失信、监狱、重返社会训练所、心理治疗、看医生、戒酒互助会——但酒瘾总是赢家。我听过她各种各样的承诺——"我好些了！我很好！我要去聚会！我要去看你！

我要再去当有氧健身教练！我要去宠物救助站当志愿者！我要搬到加利福尼亚去！我要去看你！我要去看你和吉赛尔！"但是她从未兑现过这些诺言，我再也不会相信她了。与一个几乎在所有事情上都撒谎的人维持关系实在是太难了。

　　但如果实际情况是，她很想兑现这些承诺但只是不知道该如何兑现呢？如果她是真生病了，失去了意识并且醒不过来呢？如果吸毒成瘾根本就不是一件令人难堪的事呢？如果我能试着去理解妈妈所面临的困难，而不是给她增加困难呢？如果也对她抱有同情和怜悯——就像对待那些疾病缠身的人一样呢？在某种程度上，上瘾是一种自我放纵，所以很难将其看作一种疾病，但我也知道，对于那些与之斗争并想要痊愈的人来说，仅仅有意志力是不够的。

　　妈妈生病了，这么说是有道理的。像癌症一样，上瘾也有副作用，会让她做出不正常的举动，会让她的身体发生变化，变到别人认不出来；像癌症一样，它让人难以理解，也不忍心去看；像癌症一样，有些人好转了，有些人离开了；像癌症一样，只对它感到难过是可以的，接受自己对它无能为力的现实也没什么错。

　　许多人认为上瘾不是疾病，而是一种选择，甚至一些嗜酒的人也不愿意被人称作患者。但我认为，如果上瘾只是一种选择，那妈妈早就应该好转了。我不认为妈妈更想选择毒品酒精而放弃我。我觉得她已迷失在挣扎的深渊中无法自拔。

爸爸告诉我他认为成瘾有点儿像走失在迷宫中，如果我想救妈妈，我最终只会和她一起迷失其中。所以，尽管我很想治好她，很想解决问题，但只有对她放手，并且想明白那些其实不是我的责任时，才能获得解脱。

我无法改变吉赛尔患病的事实，也无法改变妈妈患病的事实，就像我无法改变叶子逐渐变色凋零一样。对于妈妈的成瘾来说，也许什么都不做才正是做了一切，因为只有当我走出她的迷宫，我才能继续前行，并对确实存在于这世界上的美好事物——灯塔、秋天的南瓜田、沙滩上的海鸥、在我脚边打盹儿的马士提夫、在缅因州与爸爸一起玩的纸牌游戏——怀有感激之情。

这不就是吉赛尔愿望清单的意义所在吗？我无法改变吉赛尔罹患癌症的事实，我也无法治愈它的癌症。我唯一能做的就是改变对癌症的态度。它可以击垮我，也可以成为我和吉赛尔充分享受生活的理由。选前者还是选后者，我可以自己做主。

我听着树枝刮擦房屋外墙的声音，在我输了 12 次小胜了 1 次之后，我放下了手里的牌。

我拍拍他的肩膀说："晚安，爸爸。"

"晚安，弗妮。"他站起来，给了我一个拥抱，在我额头亲了一下，然后将第二瓶米勒清啤的盖子拧上，放回冰箱准备明天接着喝。

兽医告诉过我，如果该让吉赛尔离开的时刻到了，会有很明显的迹象。那时它虽然还有气息，但已完全没有生活质量。当吉赛尔不愿意起身做一些平常的事情，比如吃饭、睡觉或享用小零食，我们就知道那时刻到来了。我走进浴室，站在镜子前刷牙时，我听到了缓缓靠近的脚步声。吉赛尔站了一会儿，然后将黑色的大鼻子靠在门缝上。呼哧……呼哧……呼哧……它发出了一声短暂的、悲伤的呻吟。我笑着打开门。它走了进来，把我挤得身体前倾趴在洗漱池上，但它仍想方设法在我和花洒之间找到了容身之地。等我走向客厅的折叠沙发床，它也从浴室出来，跟着我走过去，把下巴放到床上。"准备好了吗，宝贝儿？"我用胳膊环抱住它的后腿，把它抬起来。它肚皮贴着床爬到里侧，把头放到枕头上。这次是我靠在它的臂弯里。它伸出前爪环抱着我，头贴在我的脸颊上。我转过身面朝着它，把头缩在它脖子周围的皱褶里，它的下巴就像毯子一样盖着我的脸。我觉得，这里，马士提夫的大脑袋下面，无疑是世界上最安全的地方之一。

15
雪落无声

　　天气寒冷，吉赛尔在我们面前呼出一小团一小团的白气。12月了，我的马士提夫生命中的最后一个圣诞节。我和康纳要带它去缅因州约克县的威尔斯海滩。吉赛尔后腿上的肿瘤已经长到海洋球那么大，病腿已完全不能着地，走路时就毫无用处地悬在半空。站起来去卫生间变得困难，它也越来越不想离开自己的床。我知道，生命正从它的身上渐渐逝去。

　　"在海滩上看雪花飘落。"我在吉赛尔的愿望清单上草草写道，尽量不去想将要失去它的残酷现实。瑞贝卡曾和我说过，在海滩上看下雪是世界上最神奇的事，因为这时大自然中最美妙的两种东西同时出现了。我觉得我和吉赛尔应该体验一下这种神奇，而且我也想让康纳和我们一起。他就像一个盾牌，帮我抵挡着即将失去吉赛尔的痛苦、即将失去妈妈的痛苦，以及无法突破自我的痛苦。他还是一个防护罩，把我害怕面对的孤独寂寞隔绝在外。从某种意义上说，抓紧康纳，就是抓住了掌控自己生活的最后机会。

康纳把手挥出一个弧度，像那些私人司机的动作似的，拉开了福特福克斯的后门。

吉赛尔站在后座旁边等着我来抱它，它现在对如何上下车已经很专业了。我搂住它的腰部，把它抱起来轻轻放进车里，然后我再上车。我和吉赛尔在后座调整到舒服姿势，它把大头靠在我胸前，我伸出一只胳膊像男朋友似的搂住它，抚摩着它的耳朵。康纳开上了95号州际公路。他问："吉赛尔怎么样？"

"它很好。"我回答说，对着后视镜勉强一笑，把头和它的靠得更近。它侧过头开始舔我的脸颊。它舔得很长很慢，整个头部都在和舌头一起上上下下地移动。它几乎是特意这样舔的。

坐在车后座上，我想着我对吉赛尔的这种爱。不论它做什么都不会改变我对它的态度。那个下雨的早晨出去遛它，上班就要迟到了，却还得等着它把43街路边的那些树和垃圾袋都闻上一遍，而且在这样的早晨醒来实在痛苦，但是没关系，我仍然爱它；

我需要一遍遍地清理公寓里的狗毛，每天晚上要把墙上的干口水印刮掉，有一次甚至头发里带着它的口水去上班，但是没关系，我仍然爱它。它的大便是那么大一坨，有人甚至跟我说都可以给这大便分配邮政编码了；它每次喝水都会把公寓的地面变成滑水道，它吃东西时也不注意整洁，有时我会踩到它嚼了一半的食物，像土豆泥似的夹在脚趾缝里；但这些都没关系，我仍然爱它。

我不愿意想象没有吉赛尔的生活。我不想让它离开。但在驶向威尔斯海滩的途中，当我想到没有了吉赛尔的生活时，我意识到我和以前的感觉不一样了。我不知道我是否能而且什么时候能勇敢地让它离开。

那个周末我本来计划自己去缅因看望吉赛尔，但随后又想到，现在确实该一个人待着吗？很显然不是。康纳就是我的安全带。他正帮我度过有生以来最艰难的时光。没有他，我就没有退路。我非常害怕失去他。于是，我改变了原计划，决定和康纳一起过一个浪漫的周末，并对这个周末充满了各种美好的期待。现在汽车正沿着缅因海岸开往威尔斯海滩，而低头看见车地板上我的绿色桶包时，我几乎看见了这个周末要发生的美好的事，我为它们做好了准备，现在就装在这个包里。

我装了毛线帽，打算在寒冷的海滩上戴，我会和康纳挽着手臂互相依偎在一起，喝着我精心挑选的红葡萄酒。他把一片雪花从我冰凉的脸颊上擦掉，然后吻我，对我说他爱我。我装了那件从第二大道一家小精品店买的新内衣，红色的，装饰着圣诞风情的蕾丝花边，非常精致。买内衣的时候我想象着康纳看到它会是什么反应，而且我觉得自己像个成年人了。我还装了写着吉赛尔愿望清单的日志，清单里没有哭泣的容身之地，各种各样欢乐的度假活动已经列得满满当当，比如：

见圣诞老人

做一顿龙虾大餐

去淘气鬼宠物用品商店选一件礼物

参观圣诞树农场

相拥而眠

在海滩上看雪花飘落

　　我把和康纳一起度过的这个周末想象成尼古拉斯·斯帕克思 [①]

书里的那种。作品简介可能会这样写道："得知狗狗得了骨癌之

———————————

[①] 尼古拉斯·斯帕克思，美国著名畅销书作家，号称美国"纯爱小说教父"，其《忠实信徒》《瓶中信》《恋恋笔记本》等作品都被改编成电影风靡好莱坞。

后，她伤心欲绝，一时间乱了方寸，她觉得康纳并不适合她。但到了 12 月，与康纳在缅因州的海滩上共度了一个寒冷的周末之后，她意识到也许他就是那个可以拯救自己的人。"

我们到达威尔斯海滩的拉斐特海滨度假胜地时已是晚上。这是一幢老旧的汽车旅馆，外墙是白色的，就坐落在沙滩上。停车场上亮着几盏孤零零的灯，其他东西看起来都像是弃置很久的。银色的月亮从黑色的云层后面露出来，远处黑色的大海和天空几乎融为一体，很难说清楚它们的交接处在哪儿。

"我们可以把'住在一家海滩汽车旅馆'加到吉赛尔的愿望清单上。"康纳提议说。他把装着吉赛尔周末物品的大包从后备厢拽出来，然后帮助它下车。冬天的风从海上直吹过来，我的头发乱七八糟地扑到脸上。我瑟缩着把胳膊抱在胸前，和吉赛尔一起慢慢从停车场走进旅馆。

房间里墙壁的颜色很柔和，有一张蓝色的双人沙发，床单上印着凋零中的睡莲。屋外大风肆虐，气温已经降到零下；屋里的我们都在忙着安顿下来：吉赛尔走向双人沙发，我直奔壁橱拿了一件漂白水味道很浓的浴袍裹上，康纳则打开了一瓶他带来的沙龙帝皇香槟。

"为吉赛尔！"我们为吉赛尔干杯，也冲它举了举酒杯。它很悠闲地靠在沙发里，从进了屋眼神就没离开过我们。

康纳开始说起这个香槟酒中能喝出白垩土和柑橘的风味，闻起来则散发着成熟梨子的香味，还带有一点儿干草味。他只是单方面在讲，我插不上话。接着我开始说吉赛尔松垂的耳朵，顺便问吉赛尔是不是想吃一个我从缅因肉店带来的热狗，里面夹的肉都来自草料喂大的牛。我拿着肉在它鼻子前晃了几下。哦，是的，这闻起来有猪油的味道，但没有任何粉状防腐剂，吃完后那种熏制食物的风味会在嘴里留很久。啧啧……也有一点儿干草味？说着我把热狗喂到它那大洞般的嘴里。我也是单方面在讲，康纳插不上话。

随后，康纳打开一瓶卡本内干红，用旅馆提供的塑料杯倒了两杯。他喝了一口，但没有咽，只是含在嘴里像漱口似的发出咕噜咕噜声，然后满意地点了点头。"我们带吉赛尔出去吗？"他问。我穿上外套，他递给我一杯酒，让我猜猜是旧世界的还是新世界的①。

我们推开玻璃轨道门，直接就走上了海滩。白色的浪花在黑

---

① 葡萄酒按照生产地有新世界葡萄酒和旧世界葡萄酒之分。以法国、意大利为代表，包括西班牙、葡萄牙、德国、奥地利、匈牙利等欧洲国家生产的葡萄酒被称为旧世界葡萄酒。以美国、澳大利亚为代表，还有南非、智利、阿根廷、新西兰等国生产的葡萄酒被称为新世界葡萄酒。后者的生产国基本上都是欧洲扩张时期的原殖民地国家。

色的海水上翻滚着。我们和吉赛尔不能走远，索性就站在原地看着黑色的海洋。吉赛尔抽抽鼻子闻着带咸味的空气。一切都像我想象的那样。味道很刺激（旧世界）的红葡萄酒、透过云层洒下来的月光、沙滩、大海、吉赛尔、康纳、寒冷的冬夜。应该算完美！但是没有亲吻、没有七上八下、没有互相说"我爱你"。我们聊了葡萄酒、康纳的人事主管、我的上司，我从沙滩上收拾了吉赛尔的大便。然后我们就回房间了。没过几分钟康纳就打起了呼噜，而我新买的内衣还包在粉色的绵纸中没有拿出来。吉赛尔蜷在它蓝色的大宝座上，就在床边紧挨着我。我闭上眼睛，但是睡不着。我终于而且是突然之间想明白了一件事，我真希望现在就我一个人。我希望此时此刻只有我和吉赛尔。

第二天早上，我们开车去海边小镇肯纳邦克波特。一年一度的圣诞庆祝活动已拉开序幕，整个闹市区都充溢着节日的欢快气氛。路灯柱上绑着红色的蝴蝶结，古朴典雅的木式建筑上挂着漂亮的花环，大街上不时走来叮当作响的马车。随处可见唱颂歌的人、敲鼓的士兵以及穿着小精灵鞋的狗狗。

康纳处处都很周到。他在码头广场咖啡馆排了很长时间的队，给吉赛尔买来一杯淡奶油，给我一杯热巧克力，让我们着实惊喜了一下。他牵着我的手。他举着 iPhone 手机随时准备给我和吉赛尔拍合影，指挥我们一会儿站在挂满了彩色浮标的圣诞树前，一会儿靠在沙滩椅上摆出造型，一会儿又去一个巨大的花环旁边。"吉赛尔，看这儿！看这儿，吉赛尔！"他大声喊着，还在空中挥舞着手套以引起吉赛尔的注意。我们坐在草地上，一边让吉赛尔休息，一边看来来往往的行人。我们还凑热闹参与了一下一年一度的吃辣椒大赛，给吉赛尔又买了一个热狗，回答了一个又一个好奇的过路人提出的关于马士提夫大獒的问题。

是，它吃得很多，都把我吃穷了。

不，不，今天不能骑小马。

呃，是的，它确实比我重。谢谢您关心！

但随后有人提了一个新问题："你的狗狗为什么走路一瘸一拐的？"以前可没碰到过这么问的。我不知道当众指出别人的残疾算不算失礼，但我不想跟他们说实话。我不想面对现实。

"它是韧带撕裂，过段时间就好了。它很好！"我撒了个小谎（虽然知道不应该）。

说完我拍了拍吉赛尔的头，它向我这边靠了靠，贴在我身上。人群渐渐散去，只有我的狗狗，用它那带着漂亮条纹的身体温暖着我。

　　我继续为实现吉赛尔的愿望清单努力着。接下来一项是去肯纳邦克波特的淘气鬼宠物用品商店买一件圣诞礼物。这家又别致又高级的商店主要经营美味的狗狗零食和时髦的狗狗服装。"吉赛尔，你想要什么圣诞礼物啊？"它抽着鼻子正在闻一些长毛绒龙虾玩具和龙虾狗狗帽子。我拿了一个亮红色的看起来像大灌篮的龙虾绳结玩具给它看，它不太感兴趣。它扭过头继续边走边闻，一直走到了商店最里面，它看到了一面从上到下都挂满了圣诞毛衣的墙。它闻了闻这些衣服，就蹲坐在那儿，看着我的目光里充满了忧伤和渴望，似乎在说"求你了，我可以要一件吗"。

　　太棒了。我想。吉赛尔想要一件毛衣，但我觉得他们肯定没有超大型狗狗服装部。结果证明我错了，我低估了资本主义的实力，很快吉赛尔就开始试穿各种式样的毛衣了：一件粉色的，上面绣着 Kennebunkport（肯纳邦克波特），领子大小不合适；一件灰色带菱形花纹的，我穿都没问题……然后最漂亮的一件出现了，一件红色的起绒毛衣。我很小心地把它的爪子一个接一个套进去，退后几步给它拍了几张照片，心里觉得特别高兴，因为这件毛衣很适合它，而且和它的红绳结玩具以及它最喜欢的红毛毯很相配。这时一个女店员走过来，笑容满面地看着吉赛尔。

　　"噢，天啊！是金爪牌的起绒毛衣吗？"她高兴地在它面前拍着手，"你肯定会喜欢这件毛衣的，大狗狗。你穿着它太漂亮了！"

随后女店员凑近我，就像要告诉我什么秘密似的压低了声音说："这件毛衣真的很好。狗狗可以穿好几年。"

狗狗可以穿好几年。站在淘气鬼商店的最里面，这五颜六色彩虹般的毛衣墙旁边，我低头看了看穿着漂亮毛衣的吉赛尔，觉得心都要碎了。不，它不可能穿好几年。甚至，它能穿到下个星期吗？还有多久，吉赛尔？告诉我。答应我一定要告诉我，好吗？我默默想着，知道如果能，它无论如何都会告诉我的。我买下了这件毛衣，同时又有点儿想不清楚我为什么要花 40 美元买下它。带着这样复杂的心情，我们慢慢走出了商店。

周末的清单项目仍在继续。我们开车去了超市，我卷起袖子从水箱里选了三只龙虾。我经常觉得，既然我吃龙虾，那我亲手做一顿龙虾大餐也应该没问题，没什么可怕的。另外，如果龙虾是女孩可以吃的最大盘的菜，那吉赛尔也应该吃一次。（吃新鲜的缅因龙虾不应该算违反合约，对吧？）我们约了康纳在当地的朋友，自己动手做了一桌盛宴。我把一个龙虾爪子给吉赛尔戴在头上当发卡，给它戴了一个白色的龙虾围嘴。我们喝了更多高级葡萄酒。我们边吃边聊天，康纳和他的朋友们一直在聊生意聊赚钱，而我特别希望我们能聊些别的。不过宴会还不错。吉赛尔蹲在我脚边。我喂了它一些软软的龙虾肉，它一下子就吃光了。

　　饭后，我和吉赛尔互相依偎着靠在它的蓝沙发上，我看着窗外空荡荡的海滩，吃饭时还是铅灰色的天空已经变成冬日特有的深邃的黑，天阴着，没有月亮。我扭头看了看床上的康纳，想着他为我和吉赛尔做过的一切。他给我们买各种零食，开车带我们出城兜风，安排今天的龙虾大餐以及以前的很多次大餐，清晨为我端来咖啡，帮我计划工资该怎么用，心甘情愿地照顾吉赛尔，惯坏了我的味蕾以至于我再也不想喝两美元葡萄酒。但我内心深处的那个小声音还在，它提醒我这段感情中缺了某种重要的东西，而且我喜欢康纳的那些方面都是基于种种条件。不管他带我吃多少次大餐，不管他把多少事情都做得无可挑剔，内心深处的这个小声音一直都没有消失，它不断地告诉我"离开，离开"。

　　周日到了，这是我们在汽车旅馆的最后一个早上。我醒来后听见康纳的手机里正播着体育电视网 ESPN 的节目。我趴在床上，旁边就是吉赛尔的蓝色沙发。我轻轻敲了敲它的头，它睁开眼睛，把口鼻伸到床垫边，和我鼻子对着鼻子，它呼出的温暖气息一阵阵吹在我的脸上。

　　我转过头面朝康纳，他背靠床头板坐着，戴着眼镜，正在看手机。"我得去海滩上遛遛吉赛尔。"我对他说，因为刚睡醒声音听起来轻飘飘的。他仍然盯着手机，过了几秒钟才回应道："但是外面很冷。"他终于从手机上挪开视线，扭头看着我说，"为什么要在这么冷的时候去海滩上呢？"

"别去了吧，吉赛尔可以等。"他伸过头来亲吻着我的嘴唇。我温柔地摸了摸他的肚子，说："不不，它不能等了。我们已经错过了带它看日出。这是我们在这儿的最后一个早上了。"

"吉赛尔这会儿在它的椅子上挺好的。"康纳的语气相当肯定。他放下手机，一只手滑过我的胸部去解白色浴袍的带子。

我扭头看了看吉赛尔，它正看着我们。我现在最需要的是它带我出去散步。我需要空气。我用手捧住康纳的脸把他的头拉近我，对他保证说："我就离开一小会儿。"我不能告诉他我实际上是想永远离开，我说不出口。我甚至从心底里还没有说服自己。我现在唯一想做的就是走出这间屋子，和吉赛尔单独在一起10分钟。

我灵活地躲开康纳，翻身下床。吉赛尔听到我的动静，从椅子上抬起头来，目光一直随着我在屋里打转。我匆忙地找着衣服，想抓住早晨的宝贵时光。我在卫生间里被吉赛尔的碗绊了一下，两只脚都弄湿了。我套上紧身裤和最先看到的一件衬衫，文胸就顾不上穿了，然后从地板上拎起一件之前随意扔在那儿的外套，抓起灰色毛线帽戴上，靴子的鞋带也没有系。吉赛尔更是"全裸"出门，我既没有给它戴项圈，也没有拿牵引绳，甚至连它的新毛衣都没有穿。"快点儿，吉赛尔。快点儿，宝贝儿。"我抓住它脖子上的皮毛帮它跳下它的宝座，推开沉重的玻璃门，从又厚又长的蓝色窗帘后面钻出去，站到了海滩上。

寒冷的空气就像一面墙给了我迎头一撞。风吹透了帽子和外套，送给我一身鸡皮疙瘩。潮水已经退去，海滩一下子变宽阔了。我想做的，就是全速冲向海水，沿着海岸一路旋转、跳跃、舞动，让吉赛尔和我一起踢着涌过来的波浪，在空中高高跳起享受"海洋就在脚下"的感觉。我想做的，就是和吉赛尔一起奔跑。但吉赛尔现在连走路都很困难了。它的肿瘤已有拳头大小，我俩好像都被戴上了脚镣，只能以很小的幅度在很短的距离内活动。我们再也不能一起奔跑了。我向远处看了看这空旷沙滩上长长的海岸线，又低头看了看踩在脚下的湿沙，除了坐着就没有别的事可做了。

于是我坐在冰冷的沙滩上，猛地用双手捂住脸庞，抑制不住地，哭了。

我一直带着完成这份狗狗愿望清单的想法奔波在路上，希望这样能让自己坚强，能保持快乐，能和吉赛尔一起珍惜这随时可能终止的生活，但现实一直在我身后紧追不舍。我已经没有退路，不得不直面吉赛尔的癌症，就像直面这寒冷以及我的爱情。我把手攥成拳头伸进外套里取暖，但我的脸颊很冷，双脚很冷，甚至牙齿都觉得冷，我一个人待在这冰冷彻骨空荡荡的海滩上究竟在干什么？而且我是如何最后选定要来这儿的？我看了看吉赛尔，它在几步以外的一块岩石那儿转悠了一会儿，正一瘸一拐地朝我走过来。

它舔了舔我挂着泪珠的脸颊，转过身向后退到我膝盖处坐了下来。它一直都是我的保护者、我的闺密、我最大的负担以及我最大的骄傲。现在它还是我的暖气炉。和我的马士提夫大獒坐在缅因州这冰冷的海滩上，我有些恍惚，我带着吉赛尔先从田纳西到了纽约，现在又在寒冷的12月来到威尔斯海滩，我都说不清楚自己是怎么做到的。我仍然不知道我想成为什么样的人、想做什么事、我到底是谁或者我要去哪儿，但我觉得不管答案是什么，它都不在汽车旅馆的那个房间里。我因为害怕寂寞才邀请康纳一起来，但现在却落得独自坐在这冰冷空旷的沙滩上。如果我一个人来的话，难道会比现在更寂寞吗？

我伸出胳膊搂住吉赛尔，双手在它前胸处互相扣住，手掌能感觉到它的心跳。它庞大而柔软的身体，曾经给了我多少温暖和慰藉。我把脸贴在它背上痛哭起来，"我爱你，吉赛尔。"在那样彷徨的一天，也许这是唯一一件我能够确定的事了。

　　这时，我抬头看了看天空，发现已经开始下雪了。我的眼泪把吉赛尔背上的皮毛打湿了一小片，刚才落在那旁边的雪花也很快就融化了。这些精致的小冰晶沾在它黑色的长睫毛上，特别醒目。它们也落在它黑色的鼻子上，旁边就是短短的灰色绒毛。瑞贝卡说得很对，冬天在沙滩上看着雪花飘落是世界上最美好的事情之一。我微笑着摇摇头，抬起胳膊用袖子擦了擦眼睛。也就是在那时，我意识到，虽然我一直想做那个带着吉赛尔去探险的人，但这次，也许是吉赛尔带着我在探险。

　　是吉赛尔让我在外面多停留了一会儿，我才得以目睹雪花飘落，我甚至觉得它在对我说着一些话。看啊，劳伦，我把你带到这儿，帮你离开那个房间，让你在这宽广、空旷的海滩上感受一下什么才是真正的寂寞。我现在就坐在你腿上，在这儿陪着你。但很快你就会知道你完全能应付这个。不久我就不在你身边了，不过你自己也能过得很精彩。你不会有事的。痛苦不会永远持续。没有什么能持续很长时间。

　　我猜，在你决定养一只狗狗时，你已经做好了伤心的准备，是吧？的确，最有可能的结果就是你不得不和它们永别，遭遇有生以来最伤心的一天，但这都是值得的，对吧？养一只狗狗，学习它们无条件的爱。那天早上我就在想，世界上大多数的爱情是否与此相同呢？也许康纳帮助我变得成熟，在我需要他的时候陪伴在我身边，但这份感情并非必须天长地久。而它的结束也不意味着它徒劳无益。也许我们一生中没有哪种感情是徒劳无益的，也许每一个经历都会让我们朝正确的方向前进一步。那天在海滩上想到我对吉赛尔的爱时，我终于意识到，如果"爱"是我所追求的，如果我自己的愿望清单中确实写着"坠入爱河"，那么，为了找到爱，或许我需要对康纳放手。

16
终于放手

两三周过去了，迎来了 1 月的第一个星期。我们调暗了厨房的灯光，在屋子四处点上蜡烛，把漂亮的瓷器摆出来。我最后一次光顾了缅因肉店，又在葡萄酒店停下，从众多品牌中精挑细选出一瓶 2008 年的巴贝拉，价格不菲，算得上挥霍了。我默默地想到了康纳，我的前男友，如果他看见的话，一定会觉得很骄傲。

从威尔斯海滩回来后，我和康纳分手了。不过完全断绝关系又花了几个月的时间。一开始我们试图"只做朋友"，但每次见面都会以一起过夜而告终。最后我们终于意识到，如果我们想各自开始新的生活，就必须停止见面。有一天他问我，是

否考虑过再回到他身边，是否想改变主意，我非常想回答他
"是"。我知道一旦我说了"不"，一切就结束了，他会永远消
失。但随后我的思绪回到了我和吉赛尔在海滩上的那个早晨，
在那个令人难过的冰冷的海滩上，我快冻僵了，我又孤单又害
怕又迷茫，可是后来不知怎的，我突然间就把一切看得水晶般透
彻清楚了。想到这些时，我心里就有了答案。我知道我们不合
适，而且我们永远也不会合适。不管说"不"是多么艰难，再纠
缠下去也没有任何意义。我必须要勇敢面对。于是我说了"不"，
于是他离开了。

　　在那张不大的木餐桌上，我给吉赛尔也放了一个盘子，挨着
我的，我俩两边是凯特琳和约翰。约翰烤了牛排。"享用美味晚
餐"，我在吉赛尔的愿望清单上匆匆记下。吉赛尔的最后一个晚
上，我能想到的可做之事也就是这一件了。

　　这个内容第一次出现在愿望清单上时，吉赛尔一口就吞掉
了一整块 18 盎司重的牛排。这次我们吸取了教训，不会再整块
喂给它，所以我把它的盘子也放在了餐桌上。吉赛尔躺在我脚
边的地板上。它不想再像以前那样坐直身子把鼻子伸到桌边去
闻饭菜的味道。它不再跟着我到客厅。它不想站着从碗里喝水。
它总是肚皮贴地趴着或是躺着。是时候了。我们坐在餐桌旁为

吉赛尔干杯。我把它的牛排切成糖霜迷你麦片那么小，用叉子一块一块地喂给它。我把每一口送到它嘴边，它在叉子尖那儿慢慢张开嘴，用白白的牙齿把肉咬到嘴里，嚼一嚼然后咽下。好样的，宝贝儿。

我慢慢喂着它，不想让这顿饭结束，但没过多久我面前的盘子还是空了。吉赛尔的最后一个晚上，我希望大家都吃饱喝足、舒适惬意。我把盘子放到吉赛尔旁边的地板上让它舔干净，它喜欢当"狗狗洗碗机"。凯特琳和约翰也把他们的盘子放在它旁边。我们三个靠在椅子上，谁都没说话，只默默听着吉赛尔舔盘子的声音。

它舔完后，轮到我们清洗盘子。饭后困倦中的我们一个接一个站起来，从地上拿起盘子，流水线似的排成一排，有的负责刷洗有的负责擦干。吉赛尔四肢伸展地侧躺着，我们在洗菜池附近走动都得绕开它，但大家都不介意。我又给它吃了少量冰激凌，然后就到睡觉时间了。我心里暗想，睡觉时间，请不要来！今夜，不只是普通一天的结束。它是即将拉上且再不拉开的大幕。

凯特琳和约翰在储物间的地板上叠放了几层蛋形床垫，我们把手头能找到的毯子和枕头都铺上放好。我爬上这张临时床，喊着吉赛尔："过来，吉赛尔，过来！"它一瘸一拐地走进来，脚爪踩在木地板上：

嗒。

嗒。

嗒。

嗒。

一步一声，一直到它停在床边，然后扑通一声倒在床上。它再也不能轻快地小跑了。它迈出的每一步都像是耗费了很大力气且小心翼翼才做到的。看起来每走一步它都很痛苦。我不想让它生活在疼痛之中。

我侧着脸躺在枕头上，一只手在脸颊旁边的床单上打着圈。"到这儿来，宝贝儿。"吉赛尔爬到我身边，依偎着我，用它的鼻子抵着我的鼻子。它呼出的气息暖暖的，就像一个加热器。我把头埋进它的胸膛里。我喜欢它身上的味道，就连它呼出的气息都让我觉得格外安慰。我想起它还是只幼犬时的味道——温暖的、带着甜甜的奶香。我想起我们曾经一起发现的其他味道：田纳西大学姐妹会的女孩们周围流动着马克·雅可布小雏菊香水的甜香，99美分比萨店里飘出的腻腻的油香，汤普金斯广场狗狗乐园弥漫着的尿臊味，糖山山顶的空气散发着的清新味。在我们闻过并记住的所有味道中，我多么希望能把吉赛尔的气息装到瓶子里并永远保存起来。

"晚安，姑娘们。"凯特琳走过门口时探进头来，小心地说。我把目光从吉赛尔身上移开，扭头看了看凯特琳，眼里都是泪水。她停在门口，歪头看着我，安慰我说："如果吉赛尔是只流浪狗，它可能早就不行了。也许在什么地方走着走着就倒下永远睡着了，是吧？"我慢慢点了点头，简直想都不敢想那样的场景。"是时候了。"凯特琳很肯定地说。她和瑞贝卡一样，说话时总带着一种冷静、一种慢悠悠的从容和自信，让人听了之后觉得特别安心，觉得一切都好起来了。"这样做没错。别多想了，劳伦。"说完她走过来抚摩着吉赛尔，"吉吉，你真是这世界上最好的狗狗。"然后她为我们关了灯关上了门。

我打开旁边的小台灯，从黑色双肩包里掏出日志本。像往常一样，我趴在床上，把吉赛尔的身体一侧当成桌子，开始写起来。

2015 年 1 月 6 日

吉赛尔不知道自己明天就要死了，但我想我们大部分人也不知道自己什么时候死，不是吗？我不想失去它。

吉赛尔教我要改善自己，努力向它心目中的那个我看齐。它教我考虑问题时要突破自我。它带着我来到缅因，让我看到了大海和海滨，让我不断地微笑、大笑、探险。在它的提醒下，我记起自己是个爱好探险的人，但我想和它一起探险。

我不想说再见。

我爬起来，盘腿坐着，观察着吉赛尔的呼吸——它的吸气声和呼气声都很大，让我想到瑜伽练习中的净化式呼吸法。我止不住眼泪，每眨一次眼，都有更多泪水涌出来。我只用几个手指尖抚摩着它的背，以前妈妈就这样抚摩过我，每一下抚摩都充满了怜爱。

我把四个指尖放在唇边亲了一下，然后用手轻轻碰了碰导致它跛脚的病灶处。"我知道它就在这儿，我知道。"我向它保证说，"用不了多久就会感觉好多了。"我抽噎着，声音越来越小。一直以来我都希望它能确信两件事，一是我确实知道它的肿瘤在那儿，而且我在竭尽全力地照顾它；二是也许我并不完美，但我一直在尽最大的努力，而且我爱它胜过世界上的一切。我躺下，头贴着它的鼻子，拉起它的爪子让它环抱着我，然后依偎进它宽阔温暖的怀抱里。这时它把头抬起来放在了我头上，我知道它会这样。而且如果能够，我相信它会一直继续下去，继续到连永恒都终结的时刻。我们终于都睡着了。

　　早上 6 点，闹钟嗡嗡嗡地响了。我没有像往常一样欠身起来把它关掉，而是直接按了一下手机让它静音了。吉赛尔的最后一个早上，必须要过得很特别，所以我提前就想好了计划：海滩看日出——1 月，在缅因。我们需要先开车出门，就算一次小小的驾车探险吧，带上咖啡和贝果面包，就像我和妈妈以前常做的一样。然后我们坐在海滩上，最后一次坐在海滩上，看着黑色的天空慢慢变成灰紫色，看着月亮消失在晨光中。我们的最后一夜，像一场演出似的，就这样在眼前结束。

　　但是去海滩的话，我现在就得挪开吉赛尔的脚爪自己先起床，然后再把熟睡中的吉赛尔叫醒，这可不是什么好玩的事情。而且外面冷得就像北极的冻土带。刺骨的寒风呼啸着在树木间穿行，房顶上的一些短树枝来回刮擦着发出"噌噌"的声音。我们去干什么呢？在黑咕隆咚的海滩上瑟瑟发抖……而且是第二次？实际做起来有那么美妙吗？我们以前没看过日出吗？

　　吉赛尔的下巴平放在我的枕头上，发出很刺耳很古怪的呼噜声。"吉赛尔，嗨，吉——赛——呃——呃——呃——呃——尔。想去看日出吗？"我小声喊它，用食指碰了碰它的胡须。它一只眼睁开一条缝，另一只还压在枕头里。它打了一个声音更大持续时间更长的呼噜，脸上露出困惑的表情，似乎在说："劳伦，你是和我开玩笑吧？我们昨天刚去过海滩。你还带我去了弗雷斯比商店后面的码头。再说了，现在外面冷得不得了。"好吧，于是我想到一个更简单的、在吉赛尔的愿望清单上已多次出现过的项目：相拥而眠。我关了闹钟，拉过它的脚爪环抱着我，然后把头挤到它的头下，离它温暖的鼻息越近越好。就这样我们又睡着了，一点儿也不觉得遗憾。我们一直睡到上午10点半，直到咖啡的香味把我唤醒。

我爬起来，头发也没梳就拖着脚走进厨房。凯特琳和约翰正在用漂亮的蓝色杯子喝着绿色的思慕雪果昔。他们体贴地递给我一杯。我喝了一小口，觉得一点儿都不饿，没有食欲。还是去给吉赛尔准备早饭吧。之前我已经从缅因肉店买回了吉赛尔今天要吃的最后一根香肠。我把铸铁锅放在火上，不一会儿香肠就煎好了，盛在一个有蓝色绣球花图案的盘子里。我手里提着煎锅，想着是不是再煎点儿别的。在吉赛尔离开我们之前，我还能为它做些什么呢？

凯特琳和约翰为了和我们一起去兽医那儿，都提前调整了工作时间。我们本来计划上午一起床就带吉赛尔去，但这时我们又有了别的想法。

　　"我们是不是等到下午再去？还可以和吉吉多待一个上午。"约翰提议说，"我不想急匆匆去做这事。"我们看着躺在地板上的吉赛尔，沉默了一会儿，似乎在等着它发表意见。我已经想好这个上午不再为它安排什么。我静静坐着，脑海里把吉赛尔的愿望清单从头到尾回想了一遍。在它短暂而美好的一生中，我们一起努力完成的那些事情都还历历在目。

　　　　顺利完成大学学业

　　　　搬到时代广场

　　　　搬到东村

　　　　吃到纽约的比萨

　　　　烤牛排

　　　　参加龙虾宴

　　　　坐划艇

　　　　在一个码头吃冰激凌

　　　　在朋友家过夜

　　　　相拥而眠

　　　　在楼顶上跳舞

在中央公园探险

在 Buzzfeed 新闻网站名列第 67 名

挑选一个南瓜

奔跑

公路旅行

在海滩上看波浪

在雪中静静坐着

　　我把这个清单牢牢地记在脑海里，同时也觉得很高兴，因为我把每一件事都写了下来，我能够以这样一种简化了的方式回想以往的生活。也许生活根本就不需要太复杂。也许生活可以仅仅是一个清单，列上一些简单而特别的冒险活动即可。想到这儿，我觉得自己还没有做好完全停止吉赛尔愿望清单的准备。"吉赛尔，你怎么想？"我大声问它，声音有些发抖。它的下巴一直贴在地板上，听到我的声音，只抬起眼看了看我。

　　"想去外面吗，吉赛尔？我们去外面待一会儿。"我们帮助它从地上站起来，约翰跟在我们后面，抱着它的身体后部帮它走下从屋门到后院的唯一一个台阶。小小的后院现在就像个溜冰场，吉赛尔很费力地蹲坐在冰上。

"感觉好些了吗，小姐？真棒，吉赛尔！好孩子！"它成功地在冰上站起来时，我激动地对它说，尽力不在它面前表露出悲伤。它微微摇了一下尾巴，喘了一口气。

"好孩子！"约翰也喊道。

"好样的，吉赛尔！"我们都加入进来，为它鼓劲儿加油，就好像面前是一个蹒跚学步的幼儿。我们的声音越来越高，我们呼出的热气穿透了寒冷。一滴热泪滑下我的脸颊，但我们没有停止，只是反复告诉吉赛尔它多优秀我们有多爱它。这个时候我们不知道还能做些什么。我们都很悲伤，都想在后院再和它多待哪怕只是一小会儿。我们不是有意要让它兴奋，但也没想到它是那么坚强、那么默默地忍受着痛苦。它站在冰上，来回摇动着尾巴。我拍着手对它说它真棒。它兴奋地使劲儿跳了一下，然后：

嗷呜！嗷呜！嗷呜！嗷呜！

一连串痛苦的叫声。

它那条健康的后腿突然一软，便瘫倒在冰面上。我们惊恐地冲过去，把它扶起来时，它全身都在剧烈地抖动。但它很快就稳定下来，随后它低下头，显得局促不安。也许是惭愧，因为它不能再胜任它喜欢的那些角色——玩伴、保护者、跑步搭档、闺密、朋友。我和约翰也羞愧地低下了头——我们早应该知道的，却还犯这样的错。约翰忍不住开始哭泣时，我心里也难过极了，但我知道我是幸运的，因为约翰走入了我们的生活。我知道他有多么爱吉赛尔，知道他每天下班回家如何照料它。有他做狗狗的"教父"，做吉赛尔的又一位爸爸，我真的无比感激。我知道他们之间也存在着一种特殊的关系。"没事了，宝贝儿。没事了。"我小声对吉赛尔说，两手抚摩着它的耳朵，泪水顺着我的脸颊无声地淌落。事实如此，无力回天。该去兽医那儿了。我已经尽我所能提供它足够的营养，带它坐车兜风、海滩旅行，给它亲密的依偎和拥抱。如果是我的愿望清单，我会继续写，与吉赛尔去做更多、更多、更多的冒险！我离不开吉赛尔！但如果是吉赛尔的愿望清单（我认为是），它极有可能说："太好了，这真是一场了不起的冒险！谢谢你！我爱你！现在让我走吧，劳伦！让这一切都结束，劳伦。"

让它走。

这是唯一能做的事了。

除了其他还没有做的一些。

我们提前把车上的暖气打开让里面暖和一些；我们把它的狗狗水碗都收起来，以免回来后再看到；我清理了一大堆毯子，尽量把那些令人伤心的狗毛清理到最少；我把它的药片和零食都装起来，把橱柜上的鼻涕印擦干净。每个人都哭哭停停，显然吉赛尔不仅影响了我的生活，也影响了他们的生活。它让我知道了他们是什么样的人：他们是我遇到过的最善良的人。没有多少人愿意主动替别人照顾一只巨大的而且是患了绝症的狗狗。吉赛尔的生命就像一个无法预测终止时刻的计时器，而它平日的药品，每隔两周就要重新购买一批，这些药片都要严严实实地裹上花生酱才能顺利喂它吃下。凯特琳和约翰做了这一切。对一个年轻的狗狗"妈妈"来说，他们是再完美不过的"教父教母"了。走着去汽车停放点的时候，我一直默默地为他们念着感恩祷告，也只有这样，我才能努力地克制着自己不要失声痛哭。

我要搂住吉赛尔的臀部把它抱起来放到车后座上。我两脚分开，与肩膀差不多宽度，收紧腹肌，膝盖和臀部下弯呈蹲坐姿势，三、二、一，起！我抱起了它。这是最后一次抱它了。每次抱它的时候，我总担心还没到后座就把它摔了，但从来也没发生过。而每次成功地把它抱进去后，我都觉得自己很强大，心中充满了母爱。我也爬上后座坐在吉赛尔旁边，它把头伸过来放在我腿上。我的下嘴唇止不住地颤抖着。当凯特琳发动了车子沿着开心大街

（此时听起来是个太过欢乐的名称了）行驶，当我们前往兽医诊所的时候，我突然理解了"破碎的心"这个说法的含义。我的心痛得快要碎了，就像有人在上面缠了根带子，然后他拉住那带子，越拉越紧。有生以来我从未有过这么糟糕的感觉。我一下子扑倒在吉赛尔的头上，紧紧闭上了眼睛。

17
迎风奔跑

到兽医诊所的时候，太阳正明晃晃地照着，刺到眼睛上感觉就像体育场的聚光灯。"好了，车停了，吉赛尔。去小便吧！"我吸了吸鼻子，在外面的草地上不断挪动着双脚，又往手上呵着气，想尽量暖和一些。但我从来没有像现在这样渴望待在外面，哪怕冰冷彻骨也没关系。

走进去就意味着结束，居然这么快就要结束。走进去就意味着以后再也没有劳伦和吉赛尔。以后只有劳伦。我喜欢做劳伦和吉赛尔。我不想只做劳伦。很大程度上我根本不知道劳伦是谁。吉赛尔朝诊所大门走去。那两扇门，像一股鬼鬼祟祟的暗流，正在把我们卷进去。骤然间，我就站在室内了——我甚至不记得自己走进来。

"我和吉赛尔来了……我不得不……我们不得不……是……是时候了……"我哽咽得说不成话。我的哭声听起来像是在打嗝，一下又一下短暂地抽噎。一个穿着蓝色手术衣的人递给我一包纸巾，他什么都没问，只是充满同情地摇了摇头。"我很难过，亲爱的。嗨，吉赛尔。跟我来。"他柔声说道，带着我们走进一个灯光昏暗的房间，里面摆着一张灰色的软沙发和一台黑色的大 CD 播放机。吉赛尔一瘸一拐地慢慢跟在后面。

这个被布置成客厅样式的房间是最令人悲伤的地方了吧，不知道有多少颗心在这里裂成碎片。房门口挂着帘子，保证我们不受打扰，地上放着一些厚毛毯，是为吉赛尔准备的。只是吉赛尔很奇怪地不肯待在毛毯上，它固执地一瘸一拐走到屋子一角躺下来。我看它两眼一直盯着房门，禁不住想，它是不是已经在离开这个世界的路上了？它是不是想领先一步呢？我给它带了一根骨头，想让它咬着玩玩，但它只是看了一眼，碰都没碰。那骨头就沦为它身旁的一个配件、一个道具。它的气度看起来非常高贵，超越了犬类，也超越了人类，所以它根本不属于去咬那根骨头。它就那么静静地躺着，头抬着，眼睛看着门口。我喊它，它才慢慢到毛毯上来。

我们三个围在它身边。我满脸都是眼泪和鼻涕。我看了看那边的 CD 播放机，暗暗自责没有给它带它喜欢的歌曲：惠特妮·休斯顿演唱的《我就是每个女人》，或者史提夫·汪达的《我生命中的第一次》。我很好奇这个 CD 播放机上还播过什么类型的歌曲或声音。但无论怎样，寂静无声在此时此地都不算错。我坐在吉赛尔旁边，手里握着它的脚爪，大拇指在上面轻轻揉搓着。"没事的，宝贝儿。没事，宝贝儿。"我一遍又一遍说着，不知道到底在说给谁听，是我自己还是我的狗狗。

之后几位兽医开始忙碌起来。如果把他们看作演员的话，我只能说，他们奉献了一场反复排练过的、又周到又体贴的演出。他们在房间进进出出，不管是问我们的问题还是他们做出的解释，都是经过精心设计的。他们的态度很真诚但又很平静。我看得出他们都是做过许多次这种治疗的老手，让人觉得很放心。他们每句话的开头和结尾都是"我很难过"，但我听多少次都不会厌烦，因为我也很难过。

他们问我们要不要给吉赛尔注射镇静剂，这样它会进入睡眠状态——跟死亡没关系，只是睡着而已——等他们再拿着"注射器"进来的时候，我们就不用担心它因为害怕或紧张总要藏到角落里。"我很难过。"他们说。还有一些需要定下来的事是我事前没有想到的，比如怎么处理吉赛尔的遗体，用什么样的骨灰盒，需要费用较高的单独火化还是也可以接受集体火化。"我很难过。"他们又说。但我无法回答这些问题。我只想全心全意地和吉赛尔一起度过这最后的短暂时光。后来他们让我在其中一个选择框上勾选了一下，大概意思是稍后几天给我打电话再做决定。"我很难过。"

我仍坐在吉赛尔身边，抚摩着它的耳朵，在心里暗暗惊讶于它的美丽。即使在生命即将结束的悲苦时刻，即便它只能一瘸一拐地忍着疼痛行走，它仍然是我勇敢的、长着双下巴的、出色的、大骨架的、曲线优美的、温和的大狗。在人们眼里，它是我的霸王龙、尤曼吉、斯玛特汽车、贝奥武夫、大熊、大猩猩、老虎、天啊、啊哈哈哈！！！金刚、古卓、姑娘你疯了。我美丽的棕色条纹狗狗，道泽的女儿，曾经连包装纸的声音都怕，后来却勇敢地和我一起搬去纽约生活。它是我的治疗师、一辈子的好朋友、闺密，以及高尚的秘密守护者。我作为一个年轻人从19岁到25岁之间可能会有的那些秘密，它全部都知道，但它全部都帮我保守着，有时候我想，幸亏它是一只大狗！我知道我还会再爱，但不管怎样，我都不会像爱我160磅的大狗一样去爱别的东西了。

兽医给它注射了镇静剂，用一条艳粉色的绷带把它的爪子包扎上。我对这个颜色非常满意。"这不是最后的，"她保证说，"吉赛尔现在会很舒服地睡一会儿。等它慢慢睡着了，我再来进行后面的。真是难过，朋友们。"

我点点头表示了解。我的一只手放在吉赛尔的脚爪旁，另一只在它头上轻轻地抚摩着。我看着它越来越困倦，它的呼吸开始变慢，身子开始变沉，恍惚间觉得它好像正往地板里陷似的。它的眼皮也开始眨动。就在我认为它已经入睡身体不会再动的时候，它突然自己抬起头枕在了我手掌上，之后就这样沉沉睡去。它的身体，或多或少，一定要触碰到我的身体，它才能安心。我终于崩溃了，原本的呜咽变成了汹涌的眼泪，我忍不住失声痛哭。我一只手托着吉赛尔的大头，那重量沉甸甸地压在手指尖上。我断定它会说："没事的，劳伦。没事。"它呼出的气息喷在我手掌上，感觉湿漉漉的。但它的呼吸频率越来越慢，到后来只有手指尖处能感觉到轻微的热气，而且这气息一下子消失了，一下子又出现了，就如同岸边退下又涌起的潮水。

兽医拿出了注射器。"它不会感觉到任何疼痛。但开始注射之前，我得提醒你，现在很难预料它离开的过程中会发生什么，它也许会排出大便，也许会排尿，还有可能轻微抖动。但它肯定不会疼。我把针扎进去之后，12秒左右它的心跳就会停止。我很难过。不过事情会顺利的。好吗？"我点点头，脸上紧绷绷的感觉很疼。吉赛尔的头还依偎在我手里，很难相信我居然会同意让吉赛尔那颗还有感觉的心脏停止跳动。这决定看起来一点儿也不好。

兽医用一只手把针扎了进去，另一只手拿着听诊器放在吉赛尔胸部，监听着它的心跳。我想象马士提夫的心跳应该类似于深沉、庄重的打鼓声，而且我有些想听听兽医都听到了什么。是一颗心脏逐渐停止工作的声音？是我们的冒险正在收场的声音？这12秒钟感觉就像是永远。此时，我成年之后的生活定格成一幅幅画面在眼前闪过：在妈妈的楼兰车里，那张平铺在方向盘上的报纸；和妈妈在一起的快乐时光，偷偷溜走并买回一只大型犬幼犬；拴着胖子的足球球门在草地上急速向前；在曼哈顿租住的第一套公寓里呈斜坡状的地板；时代广场那一坨冒着热气的狗狗大便；在RIO的露台大声唱着《水花飞溅，我在洗澡》；在汤普金斯广场参加狗狗走秀；和康纳一起品酒；跳舞；相拥而眠；公路旅行；跑步。

我注视着那小小的注射器把药液输送到吉赛尔庞大的身体里。随着药液慢慢进入，它的生命渐渐淡出了。25岁的我也被它带走了一部分。它鼻子里呼出的湿热气息明显变慢了。在这精神悄悄离去的时刻，它的头越来越沉，在我的手里越来越萎靡，直到我的指关节支撑不住，贴在了地上。随后这一切都结束了。它的心脏停止了跳动。

屋子里一片寂静。

"好了，完成了。你们待一会儿，不着急。"兽医轻声说完，把嘴唇抿成了一条线。她慢慢把听诊器拿起来放进衣兜，低下头，伸出手最后摸了摸吉赛尔。我把压在吉赛尔头下面的手小心翼翼地抽出来，不敢相信这屋子顷刻之间就空荡荡了。前一秒它的头还有生气，还在呼吸着，还在我手上，后一秒就截然相反了。它的离开，它的灵魂的盛大退场，是如此猛烈、如此意味深长。它就像塔斯马尼亚大嘴怪①，旋风般冲出自己的躯壳，向这间假客厅的门口猛扑过去，然后疯狂地穿过前门，跑向它的下一场冒险。它的精神就这样轰轰烈烈地离开了，我再看那具庞大的躯体时，我知道吉赛尔已经不在里面。它去哪儿了呢？我想知道。这就像你手里刚刚还拿着一个东西，放下后一转眼就想不起来放在哪儿了，但你知道它还在，就在某个地方。你知道它没有消失。吉赛尔也一样，它没有化成虚无。我感知到了它的逃离。我确实感知

---

① 塔斯马尼亚大嘴怪，是美国华纳电影公司系列动画中的一个角色。它有锋利的牙齿和巨大的嘴巴，极度贪吃。它运动能力超强，跑起来如同一阵旋风。

到了。"不用着急离开，请随意。"那位兽医走到门口时又对我们
说。这时她甚至不用再说"很难过"这样的话了。但我只想离开
这房间。吉赛尔已经不在这里了。于是我迅速站起来向外走去。
眼泪又一次滑下我的脸颊，我转过身，最后看了一眼它那巨大的、
空洞的躯壳，然后关上门，离开了。

　　下午要怎么度过，我还没有想好。我要坐的那趟返回曼哈顿
的大巴车四个小时后才开，我也不想回凯特琳家，因为房子里的
一切都会让我想起吉赛尔。凯特琳和约翰都要去上班。约翰难过
得心都碎了，他说得找点儿事让自己忙起来。凯特琳先带我去了
里尔咖啡店，我们坐在靠窗位置，都没有说话，都在默默回想着
刚刚发生的一切。

　　然后她也得去上班了。只剩下我一个人。我想走着去朴次茅
斯的商业区看看，但是风很大，冷风打在脸上就像电击般疼痛。
我又开始沿着基特里和朴次茅斯之间的第一次世界大战纪念桥
走，打算到桥那边去，但走了三分之一的时候我意识到这样也不
行。我不想在人群中间，同样，我也不想独处，于是我又转身
回去。我需要去一个让我自己显得渺小、让悲伤也显得渺小的
地方。于是我开上车，一路驶往新罕布什尔州纽卡斯尔。我要

去找大海。

　　这条路线以前我和吉赛尔走过几次。到目的地的时候，我看到左边有一座黑白两色的灯塔，正前方的海里有一座破旧的棕色灯塔。天空很蓝，蓝得就像阿拉丁故事中神灯守护精灵身上的颜色。我站在海滩边的岩石上，眼前的海水只泛起细小的涟漪，几乎没有波浪，目光所及之处也没有船只和飞鸟。一切都那么宁静。你可能觉得这时的我已经哭不出来，我也会平静片刻。但是，不，不，不是这样的。

　　我冲着大海大哭起来，号啕大哭。我哭得上气不接下气，就好像刚顺着看台台阶上下一顿猛跑，停下后一时间无法喘气一样。我紧闭着眼，摄氏零度以下的海风打在脸上，我奇怪自己的眼泪怎么还没有流干。我一直没有睁开眼睛，有片刻我甚至不能呼吸。我用双臂紧紧环抱住自己的身体，很多种情绪同时涌上心头：痛苦和愤怒，悲伤和困惑。但随后又有一种莫名其妙的感觉产生了，只在闭着眼睛的时候才能体验到：我实实在在地看见了吉赛尔，它就在我前面，正奔跑着。它以最快速度奔跑着，比我以往见过的都快。它无拘无束地跑着，舌头耷拉在嘴外面，来回摆动，嘴张得很大，露出了洁白漂亮的牙齿。它奔跑在一片盛开着紫色花朵的田野里。我把眼睛睁开一条缝，身体一下子放松了。我已经止住了哭泣，虽然我不知道是什么时候停止的。我深吸了一口气，我又可以呼吸了。

回曼哈顿的大巴还有两三个小时才开车。我租的车上装满了我的行李，我不知道接下来该干点儿什么。去吃龙虾卷或者康登的甜甜圈？但刚想到这些我就觉得想吐。我不饿。我不渴。我不想和任何人说话。我不想写字。我什么都不想做。我如何开始下一阶段的生活呢，缺少了吉赛尔的生活？当我望向平静的大海时，我突然想清楚了：我只需要把我最擅长的那件事重新做起来就好，它对我来说很容易，也是唯一在我身体内已经根深蒂固而且让我感觉最自然最舒服的一件事。我返回到车上。

我沿着海滨行驶，想找个能停车的地方。车上的杯架里还有狗毛，我习惯性地想在后视镜里看到后座上的吉赛尔。但是没有吉赛尔了，只有一些我们曾经一起冒险的证据还留在杯架里。我一直开，直到把车停在一个汽车旅馆的停车场里。我又加了一条紧身裤和一件外套，系好跑鞋鞋带，从车里出来时，看到空荡荡的停车场上只有我一个人。天气非常寒冷，不过阳光很好。虽然我当时没有意识到，但独自待在海滩上的那天，我其实得到了我一直想要的：一个人旅行。完全靠我自己。在新英格兰海岸线上的某个地方，距田纳西 1000 英里，距曼哈顿 300 英里。是吉赛尔把我带到这儿来的。这是你想要的吗，宝贝儿？我心里暗想。我低头看了看脚上的跑鞋，完全知道它想要的是什么。

我开始奔跑。

我跑向空旷的海滩，寒气直接穿透了两层紧身裤和手套。天寒地冻，让人觉得非常痛苦，但这种痛苦暂时让我忘却了心中的痛苦。看起来冷风要刺穿我的皮肤，冲进我的耳朵，灌进我的肺里，再吹走悲伤和痛苦。我对自己说要跑一英里（约1.6公里），一英里并不算多。没错，风刺痛了我的脸颊，冷空气从我发干的眼睛里挤压出更多的泪水，沙子钻进我的鞋里。但如果我连一英里都完不成，我还能做到别的什么呢？

我想到了马拉松的最后一英里，要想跑完这一英里，也就是第26个英里，而且是在极度疲劳、不想再多迈一步的情况下，需要怎么做呢？虽然你真的不确定自己能否坚持跑完，但你还是不断地把一只脚迈到另一只脚前面，同时你必须相信你能，因为你只要觉得不能，你就真的不能。一旦你下定决心要完成它，一旦你无视困难坚持向前跑，奇迹就发生了。这时就好像有一个无比强大的后备力量俯冲下来进入你的身体，它说，嗨，我来为你跑完这一英里。接下来的事就是你在冲刺，在你觉得冲刺绝对是人力所不能及的时候，你居然做到了，而且你跑的速度之快连你自己都想象不到。这就是奇迹。

　　那天在海滩上我有与此相似的感觉。跑一英里，即便它很困难。跑一英里，在伤心欲绝的时候。跑一英里，证明给自己：即便在事情不顺利的时候也能坚持下去。这就是奇迹发生的时刻。那天，当我到达自己设定的终点、低头看着自己的双脚时，我看到在那沙滩上，有一串很大、很大的狗狗爪印。

尾声
常驻我心

　　吉赛尔去世后，凯特琳来纽约看望我和瑞贝卡。我们刚搬到东村C大道上的新公寓。1月底的曼哈顿，天气寒冷而阴沉。我们把自己裹在样式完全相同的厚外套里（毫无疑问，我们都对我在 Gap 工作的那段时间心存感激），向一家名叫卢西恩的法国餐馆走去。这家小餐馆温馨舒适，它能让你瞬间穿越到巴黎的第七区。我们走过第四街时，天开始下雪了。轻柔的雪花从冬日的天空悠悠飘落，还没等落到地面似乎就消失了。雪花在我们身边飞舞着，我们说起了我们是多么想念吉赛尔，它的棕色条纹皮毛在白雪的映衬下又是多么漂亮。

　　"很奇怪，"我说，"我觉得它一直都在我身边。甚至现在，我也能感觉到它的存在，它正和我们一起走着。"我伸出一只胳膊，做出握着牵引绳的动作，想象着在这样一个寒冷的冬夜，它正要跟我们一起去享用牛排配薯条、红酒、贻贝。它会把头搁在餐桌上冲我们微笑。

"我也有一样的感觉，"凯特琳接着我的话说，"它肯定还在我们身边。但你知道吗？你知道是什么让我真正感觉到吉赛尔还在？"我摘下毛线帽，想体验一下曼哈顿的雪落在头上的感觉。这时凯特琳说了句让我终生难忘的话。

"是你，劳伦，你让我想起吉赛尔。我和你在一起时，就觉得也和它在一起。"我眼里含着泪笑了。我把手掌贴在心上，那儿就是吉赛尔现在住的地方。它就住在我的身体里，我去哪儿，便把它带到哪儿。

我在写作这本书期间，有一天接到妈妈从戒断康复中心打来的电话。这家康复中心设在田纳西的一个大牧场里。"嗨，宝贝儿。"她亲昵地叫我。她的通话时间只有七分钟，我在电话里听见那边计时器嘀嗒嘀嗒的声音。

"嗨，妈妈。"我觉得有点儿紧张，深吸了一口气。我还是去年见过她，大概也就一次，而上一次通话也是好几个月前的事了。我在想，电话另一端的妈妈现在是哪个"版本"呢？我不信任她，但仍然在努力地理解着她的成瘾症，仍然在到底是和她维持关系还是和她断绝关系的起起伏伏中挣扎着。

"这个地方特别棒，"妈妈说，"这儿有很多狗狗。弗妮，它们跟着我到处跑。我每天早上5点半就醒了，比其他人都早，然后我起床去农场散步。我告诉你，你知道吗，那些狗狗会来等我！就在我门口等着。我特别想带一只回家。不过我知道现在还不能。"

我这才舒出一口气："妈妈，这真是挺可爱的。"

"有一只叫迪克西的狗狗，"她兴奋地继续说，"当你把手放成这样，然后你说'砰！'，它就会背朝下躺着然后打滚儿。太好笑了！迪克西特别聪明。"她很认真地说，"我和迪克西说话，它会好好听着。"

我丝毫都不怀疑妈妈说的这一点。迪克西会倾听我的妈妈，会爱我的妈妈，会爱康复中心的所有人，它从来都不计较他们有什么样的过去，每日又面对什么样的抗争。想到这些时，我忍不住掉下泪来。我又深吸了一口气，尽量把注意力集中到我们的谈话上。七分钟电话的大部分时间、六个多月才有的一次叙旧，都是围绕着康复中心的狗狗，但我觉得已经足够好了。

有一段时间我总希望一些不好的事情发生在妈妈身上，而她绝不会对我有这样的想法。把她锁在屋里！惩罚她！把她送走，永远也别回来！我以前从未意识到这样的想法和怨恨伤害的人其实只有一个，那就是我自己。所以我试着采用与以往不同的方式：爱妈妈。我发现让自己爱她远比心存愤怒要容易得多（对所有人都如此，包括我自己）。爱她并不意味着要投入她的怀抱，爱她意味着我可以在远处爱她。我可以保持独立。我仍将在自己的人生之路上前行。但我会一直爱她，不管她清醒与否。我愿意相信狗狗们坚持的这一点：无条件地给予爱时，爱才能发挥最神奇的作用。所以我将尽全力不带任何条件地爱妈妈。我会尽量减少对她的要求，为她祈祷，放弃对她的执念，相信她一直都在尽力做到最好。

我已经学到，如果能够放下曾经对妈妈的各种不满，我会快乐得多。有时我把自己的心想象成一个手提箱，我想带着它走遍世界各地。手提箱的容量有限，不可能把所有东西都装进去，因此我必须得谨慎、明智地做出选择。我可以把过去的痛苦装进去，尤其是因妈妈而起的那些痛苦。我还可以把各种牢骚、不满装进去，然后拖着它们去历险——这些实在是太沉重了。同样，我肯定也不希望别人把我的缺点和我的错误都装进他们的行李箱，让这些错误不断地影响他们的历险体验。所以我要带上我爱妈妈的那些方面——她的异想天开、她的童心未泯、她的积极向上、她对动物们的爱、她对我的爱，还有，她是把吉赛尔送给我的人，吉赛尔保护了我，吉赛尔是我最好的朋友。

写这本书的时候，我一直觉得吉赛尔就在身旁，它待在我的脚边，或是把鼻子搁在我的笔记本电脑上。我非常想念它，每当想它的时候，我就把手放在心上，我知道它仍然是我如影随形的伙伴。如果我能像吉赛尔一样，有和它一样大大的美丽的微笑，有和它一样更大更宽广的心，我一定会成功的。如果我能带着它的精神、带着"总是无条件去爱"这样的理念生活，我一定会成功的。不管我身处何方，又面临什么样的困难，我都能把握现在、活在当下，都能从细微处感受幸福，都能把每一天看作新的开始、新的冒险。是的，像狗狗一样无条件地去爱，像狗狗一样拥有自由自在的精神——便是理想，便是梦想。

致谢

为了将本书"清单"的主题贯穿始终，我列了一个感谢清单，感谢那些曾经帮助我把梦想变成现实的人（和动物）。在我写作、编辑，抑或经历这个故事期间，有太多人曾给予我无私的帮助，在此向他们表达我最诚挚的谢意！

·吉赛尔，我的狗狗，我最好的朋友。没有你，就没有这个故事。我一直知道你会永远活在我心里，但从没有想到过也能让别人认识你、怀念你。

·大卫·德雷尔，我了不起的经纪人。谢谢你！你是第一个对我、对这个故事抱有信心的人，即使当时连我自己都不知道这本书会写成什么样子。谢谢史蒂夫·罗斯以及艾布拉姆斯图书公司的其他所有人。

·卡瑞恩·马库斯，谢谢你对本书的编辑，谢谢你无限的鼓励和无限的耐心，也谢谢你发现我的优点并且教我不要过多使用惊叹号。

·克里斯蒂·普莱德，你拥有专家独具的犀利眼神，一眼就能看出错误所在。谢谢你将这种犀利从第一行一直保持到最后一行。

·斯德尼·莫里斯，谢谢你热心解答我所有的问题并帮助我把吉赛尔的几千张照片整理分类。

·谢谢西蒙－舒斯特出版公司的每一位员工，谢谢你们对吉赛尔的支持以及对我的信任，谢谢你们给我机会让我自由写作，尤其是乔纳森·卡普、理查德·罗赫、达纳·特罗赫和伊丽莎白·盖伊。

·亲爱的爸爸，谢谢您的耐心和爱。谢谢您一直把我的梦想当成自己的梦想，在我写作的时候为我提供舒适温暖的环境。LOL，爱您，爸爸。

·特里普，在我认识的人里，你最勤奋，也最风趣。我爱你。

· 爱瑞丝，有你这样一个值得我崇拜的妹妹，我觉得非常幸运。你让我成为更好的人。

· 珍娜，虽然你是我的嫂子，但更是我的姐姐。我不知道，如果没有你，我该怎么面对生活。

· 我亲爱的瑞贝卡，你总是耐心地倾听我并提醒我一切都好。我相信这次我们做对了。

· 我亲爱的祖母乔伊·哈夫纳（又名甘地/特尔普），正是因为您我才开始写作，我无比地爱您。

· 普伯斯阿姨，谢谢您的坦诚。

· KK 阿姨，谢谢您做我的第一位读者和第一位预订这本书的人（以及您为我做的所有事）。

· 劳丽阿姨，谢谢您一直是吉赛尔的超级粉丝。

· 莱勒阿姨，谢谢您总是向我提供帮助。

· 葆拉，你是最先阅读本书第一章的人，谢谢你。

· 谢谢斯特兰尼一家，谢谢你们的支持以及你们对吉赛尔的爱，你们待它就如同自己的狗狗。

· 凯蒂和詹姆斯（以及你们的马士提夫狗狗托比），谢谢你们对吉赛尔的关心和照料，你们找到了给吉赛尔喂药的方法，堪称完美。谢谢你们给我的帮助。

·吉米,谢谢你带我去参加中央公园的迈克尔·杰克逊舞会,谢谢你总是陪我去坐时代广场的电梯,上上下下纯粹为了好玩。谢谢你照顾我和吉赛尔。

·谢谢比斯利一家在吉赛尔的事情上以及我们搬往纽约时提供的帮助。

·吉赛尔在纽约最喜欢的阿姨和叔叔,谢谢你们为我们做了那么多:

伊兰和阿什利(还有吉赛尔从未见过的纳寇,它为此而感到遗憾)

玛吉、亚历克斯和莫克西·华福尔·伯曼

丹尼尔·欧文

露西·巴兰缇妮

·卡伦·托马斯,在你自传写作班上的那个女孩,因为她写的故事在网上迅速传播而不知所措,她在某个星期六早上给你发了一封惶恐不安的邮件,你及时帮助了她。谢谢你最先告诉我我的故事当之无愧,而且我一定能写好整个故事。

·我高中时最好的朋友凯莉,以及她的哥哥米奇,他们失去了他们美丽的妈妈佩蒂·斯特兰奇,实在太早了,令人唏嘘。凯莉,你的坚强激励了我。

· 谢谢梅根以及米汉一家。

· 劳拉·阿莱姆麦和丁丹尼尔·杜别奇，谢谢你们把我和吉赛尔护佑在你们的羽翼之下；谢谢你们给我机会，让我可以把我们的故事带到大银幕上。

· 感谢奥德劳特娱乐公司（Odd Lot Entertainment）的每一位，特别是瑞秋·谢恩和吉吉·普利兹克。

· 谢谢安迪·科克伦。

· 布拉德·罗森菲尔德，我的影片代理人，谢谢你促成此事。

· 马克·特纳，谢谢你对狗狗的爱。

· 诺尔曼·戴克，谢谢你与我共享你的家。

· 谢谢所有在 2015 年 1 月给我写信或与我成为朋友或分享吉赛尔故事的人，你们都如此美好。谢谢所有激发他们去爱去分享的狗狗。你们改变了我的人生。

· 谢谢帕梅拉·安·布鲁梅特（以及她心爱的狗狗杰克逊），一位才华横溢的艺术家。虽然素不相识，却无比体贴地把亲手画的吉赛尔画像送给我。这是吉赛尔最美的画像了。

· 谢谢 Facebook 上的"英国马士提夫大獒"群，尤其是"流口水的才最酷"群。在失去吉赛尔的情况下写一本关于吉赛尔的书时常令我难过，但不管什么时候，只要登录 Facebook 浏览我们群里的消息，我就能感受到自己需要的马士提夫之爱。你们是世界上最好的狗狗主人。

　·谢谢我的新狗狗，搜救犬贝蒂，此时你正在啃我的胳膊，让我简直没办法打字。有时我会恨恨地说你就像条食人鱼，但我爱你。谢谢你填补了我心中的那一片空白，谢谢你教给我耐心。

　·最后，也是最重要的，谢谢我最爱的妈妈。妈妈，谢谢您给我的爱，谢谢您的宽容和慷慨。我爱您，想念您，每日都祈盼您拥有美好的一天。我希望您知道自己有多棒！

　·致每一位正在和成瘾症抗争的人，我希望你们能走出混沌世界找到光明，希望你们能发现许多值得我们去感恩的事情。